CONTES ET LEGENDES DU PAYS DOGON - TOMON DU AROU

Tome 1

Athanase Erensin SOMBORO

CONTES ET LEGENDES DU PAYS DOGON - TOMON DU AROU

Tome 1

Préface du Père Paul SOMBORO

5-7, rue de l'École-Polytechnique ; 75005 Paris

http://www.librairieharmattan.com

ISBN : 978-2-343-19882-8
EAN : 9782343198828

PREFACE

Voilà quelques années, Amadou Hampaté BAH[1], ce monument intellectuel de l'ancien Soudan Français devenu le MALI indépendant moderne, a lancé ce cri de détresse historique à la tribune de l'UNESCO à propos de la culture malienne: « Vous voulez sauver les monuments historiques du monde en péril, eh bien ! Sachez qu'au Mali, quand un vieillard meurt, c'est une bibliothèque qui brûle ». Le vieillard dans notre société traditionnelle africaine en général, et malienne en particulier, est en effet le réservoir du savoir faire et du savoir vivre. Le dicton Tomon (dogon) n'affirme-t-il pas que l'on peut dire à un vieillard qu'est-ce que tu as : avoir matériel ; mais on ne peut pas dire à un vieillard ''Qu'est-ce que tu sais'' : savoir, connaissance.

Il est le monument, la bibliothèque des succès et des échecs, du savoir faire et du savoir vivre que les multiples situations, les multiples expériences heureuses, malheureuses ou douloureuses qu'il a vécues dont il s'en est sorti vainqueur. Nos sociétés traditionnelles africaines que l'ethnocentrisme étroit et borné du colonisateur avait taxées de sociétés sans écritures et sans histoires, avaient volontairement et délibérément privilégié la parole à l'écrit et à l'histoire qui sont de même nature parce qu'elle est le père et la mère des deux. Et cela pour plusieurs raisons :

° **La première raison** est que la parole est le don, le cadeau le plus grand et le plus précieux de Dieu à l'homme capable de le faire naître en ce monde, l'y faire trouver sa place dans la société et y vivre en harmonie avec ses semblables, la nature et les autres êtres visibles et invisibles.

Ref. Hamadou Hampaté Bah

° **La seconde raison** est que la parole est la faculté caractéristique N° 1 de l'homme. Les animaux ne parlent pas, les minéraux ne parlent pas, les végétaux ne parlent pas, seul l'homme parle.

° **La troisième raison** est que la parole ne s'use que si l'on ne s'en sert pas et ne s'éteint généralement qu'avec la maladie ou la mort.

° **La quatrième raison** est que la parole est l'arme la plus efficace la moins chère pour résoudre la plupart des problèmes qui se posent à l'homme au cours de son existence. Pour s'en convaincre, il suffit d'évoquer l'arbre à palabre de nos sociétés traditionnelles, ou aux tables rondes des nations modernes.

Les unes et les autres trouvent dans la parole, les solutions aux conflits familiaux, sociaux ou internationaux que les armes les plus redoutables, comme les bombes, en passant par les armes de corps à corps comme les gourdins, les flèches, les lances, les couteaux et les coupe-coupe.

° **La cinquième raison** est que la parole est l'instrument de communication le moins cher et à la portée de tous.

° **La sixième et dernière raison** est que la parole fait l'homme, crée l'homme, la société, la nature. Aucune autre faculté ne peut : exprimer ou éclairer l'homme, construire ou détruire l'homme, réjouir ou attrister l'homme, nourrir ou affamer, assoiffer l'homme, soigner ou guérir l'homme, grandir ou humilier l'homme, comme la parole.

La parole est plus puissante que le vent qui la porte, plus puissante que le feu, plus puissante que l'eau, mais la parole est fragile, elle se perd dans la bouche quand une oreille ne l'écoute pas, quand celui qui la porte comme un trésor disparaît ou meurt.

Les contes que M. Athanase Erensin SOMBORO[1] propose à votre lecture sont un condensé de la parole que les vieillards ont conservée pour servir de panneaux de signalisation et baliser leur propre vie et celle de ceux et celles qui viendront après eux sur le chemin de la vie. Par les effets conjugués des nouvelles religions importées, de la colonisation et de la disparition des vieillards, les contes sont aussi menacés.

.

D'où le cri de Amadou Hampaté BAH ''Quand un vieillard meurt, c'est une bibliothèque qui brûle''. Avec la disparition des contes c'est toute une culture qui s'en va.

Le conte Tomon, c'est l'école primaire, l'école secondaire, le lycée et l'université des Tomon. C'est par le conte qu'on éduquait le jeune dogon-tomon.

Le conte tomon, c'était l'école technique où le jeune tomon amassait le savoir faire, nécessaire pour sa vie.

Le conte tomon, c'était l'instruction civique qui lui apprenait comment vivre en fils et fille, en père et mère, en époux et épouse, en voisin et voisine.

Le conte tomon, c'était la radio, la télé, l'internet pour s'informer et se former, pour se divertir et s'enrichir, pour se laxer et se relaxer après une journée remplie d'occupation.

Le conte décrivait l'homme ; l'homme bon et mauvais, la femme rusée et folle, l'enfant digne ou indigne.

Le conte tomon que les éventuels lecteurs auront entre leurs mains, pourrait paraître cru et cruel, brut et brutal.

Le conte tomon est une école de la vie dans toute sa réalité paisible et guerrière, amicale et hostile.

Les Tomon appellent un chat, un chat ; le vagin le vagin ; le pénis, le pénis. Il appartient au lecteur de censurer ou de s'autocensurer.

Il me reste à exprimer toute ma gratitude à Mr. Athanase Erensin Somboro, premier Tomon du Arou à avoir le Certificat d'Etudes Primaire (CEP 1958), le Brevet d'Etudes du Premier Cycle (BEPC 1962) l'actuel D.E.F ; et devenu le 1er Enseignant avec les diplômes officiels du Mali moderne.

° Je le remercie d'avoir entendu le cri de détresse de Mr. Amadou Hampaté BAH afin d'éviter que la bibliothèque des Tomon ne brûle.

° Je le remercie, mais les Tomon disent que remercier c'est réclamer la faveur reçue la veille.

Cher Athanase, ne nous donne pas soif et faim du conte dogon. Aujourd'hui, tu nous donnes la grillade, puisses-tu nous servir du rôti demain ; comme le proclame le conteur tomon après avoir terminé son récit.

Père Paul SOMBORO

NOTE DE L'AUTEUR

- J'ai voulu écrire ces quelques contes du genre Fable, Légende et autres, parce que j'ai constaté que le modernisme est en train de phagocyter nos mœurs, nos langues, nos cultures mêmes, nous de petites ethnies telle que le Dogon. A mon enfance, le soir après le dîner, les enfants et les adultes se réunissaient sur la place publique, aux devantures des maisons, où chacun étalait son savoir en matière de contes, de fables, de légendes…Chaque village comptait plusieurs spécialistes.

- Mais aujourd'hui, le soir, les enfants ne se donnent même plus le temps de manger ; et tout le monde court, accourt vers la télévision, la vidéo. Ils voient, entendent et apprennent d'autres chants, d'autres danses, d'autres coutumes que les leurs ; si bien que nos beaux contes et légendes sont en train de disparaître sous nos yeux, faute de temps d'écouter et d'apprendre les fables des adultes, pourtant bien éducatives.

- Dans ce livre, j'ai manqué un peu de pudeur, pour ne pas dire grossier, parce que, ce qui était un sujet tabou dans le temps, de nos jours, sous prétexte d'éducation sexuelle, le sexe est exposé avec les noms de toutes ses composantes, sur toutes les places publiques, les écoles, les centres de santé etc.., à tout venant. La vue de certaines gravures vous donne la chair de poule ; pour celui qui se respecte, il a de la peine à les fixer. Alors je me suis dit : « Pourquoi ne pas me permettre d'écrire mes légendes, en citant les choses par leurs propres noms ? ».

- Du point de vue de la terminologie, j'ai employé les mots de tous les jours afin que cet écrit soit à la portée de tout le monde.

- Concernant le contenu, vous verrez dans ce bouquin, les amitiés les plus sincères, jusqu'aux plus fourbes. Chaque fable et légende vous donnent soit une morale soit les raisons du comportement de la société : Moralité. ; C'est pourquoi…

- Quant au titre du livre, je l'ai voulu en perspective décroissante pour dire que nos contes et fables sont en voie d'extinction.

- Tandis que le Tomon-kan est l'une des 16 dialectes Dogon recensées par le Ginna-Dogon. Au pays Dogon, les Tomon occupent 11 Communes sur les 12 que compte le Cercle de Bankass ; plus les Communes de Ouo et de Djonkassagou du Cercle de Bandiagara, auxquelles il faut ajouter celle de Timissa dans le Cercle de Timissa Tominian, et une bonne partie du Fakala dans la zone de Sofara. Au centre de cette vaste étendue du pays TOMON, le AROU est une entité qui recouvre uniquement la Commune Rurale de SEGUE composée de 44 villages.

- Je vous souhaite une bonne lecture. Si Dieu me prête longue vie et une bonne santé, mes contes ne s'arrêteront pas à ce seul tome.

L'auteur

CHAPITRE I : L'AMITIE

1. AMBORKO ET YABORKO

Il était une fois dans deux villages différents, un jeune homme du nom de Amborkô qui a juré de ne se marier qu'à une Yaborkô. Dans le second village lointain vivait une jeune fille nommée Yaborkô qui a juré également de ne se marier qu'à un Amborkô ; alors que les deux jouvenceaux ne se connaissaient pas. Et les deux jeunes ont dépassé l'âge idéal du mariage pour le respect de leurs vœux.

Un jour, pendant qu'Amborkô se décidait d'aller à la recherche d'une Yaborkô, la première pluie de l'hivernage tomba. Au pays Dogon, dès cette averse, tout le monde va au champ ce jour là, pour les semailles. Au cours de sa pérégrination, lorsqu'il voyait une famille en train de semer, il s'arrêtait pour demander à boire. Si le chef de famille nommait une fille qui n'était pas Yaborkô pour lui apporter à boire, il remerciait la famille et continuait son chemin. Il fit le tour de plus de 7 villages, finit par tomber sur une grande famille en train d'ensemencer son champ. Lorsqu'il s'arrêta pour la saluer, il demanda à boire. Un jeune appela sa sœur : « Yaborkô ! Apporte à boire à cet étranger ». « Ah ! Il y a une Yaborkô ici, je peux m'arrêter », se dit-il. Il passa le reste de la journée à semer avec cette famille. Le lendemain encore, il fit de même. Le soir après dîner, il contacta le chef de famille en ce terme : Amborkô : « J'aimerais marier une de vos jeunes filles appelée Yaborkô ».

Le chef de famille : « Vous aimez Yaborkô ? ; Quel est votre nom ? »

Amborkô : « Je me nomme Amborkô ».

Le chef de famille : « Si votre nom est Amborkô, cela tombe bien, car ma fille a juré de ne se marier qu'à un Amborkô ».

Le chef de famille avertit tous ses parents ainsi que tout le village, qu'un étranger appelé Amborkô, demande la main de sa fille Yaborkô. C'est Dieu même qui a favorisé cette rencontre en amenant Amborkô vers elle qui ne voulait convoler qu'avec son homonyme masculin. On noua le mariage selon la coutume et l'on remit Yaborkô à Amborkô qui revint dans son village avec sa nouvelle mariée tant souhaitée. L'événement a été fêté avec éclat. Malheureusement, au bout de trois ans Yaborkô mourut. Pour la danse des obsèques, Amborkô alla refaire les tresses de son « goro'oudjou » (genre de perruque tressée en forme de queue de cheval), qu'il a enduites de beurre de vache, puis il partit sur la place de la danse. Danser, alors que vous venez de perdre votre chère épouse, certains trouvèrent que c'était déplacé, d'autres de la folie. Il dansa toute la journée, et dans l'après-midi on amena le corps de Yaborkô au cimetière. Son mari se mit en tête de cortège et dansa jusqu'à sa dernière demeure. Il entra dans la tombe et voulut enterrer sa femme de ses propres mains. Lorsqu'il déposa Yaborkô il se coucha à côté d'elle, et demanda de les enterrer ensemble, tellement il l'aimait. « Je ne peux souffrir de vivre sur cette terre sans Yaborkô », déclara-t-il. On a beau le prier de sortir de la tombe, il refusa. Une vieille femme intervint : « Amborkô, dit-elle, il faut sortir de cette tombe, car nous les femmes Tomon, sommes ingrates. Sors, et va te chercher une autre épouse ». Amborkô lui répliqua : « Pas un seul jour, Yaborkô ne m'a montré un signe d'impolitesse ou d'ingratitude encore moins de trahison. Je veux mourir avec elle ». On enterra Amborkô et Yaborkô dans la même tombe, puis on revint à la maison. La nuit, Dieu envoya un ange interroger Yaborkô sur sa conduite sur cette terre.

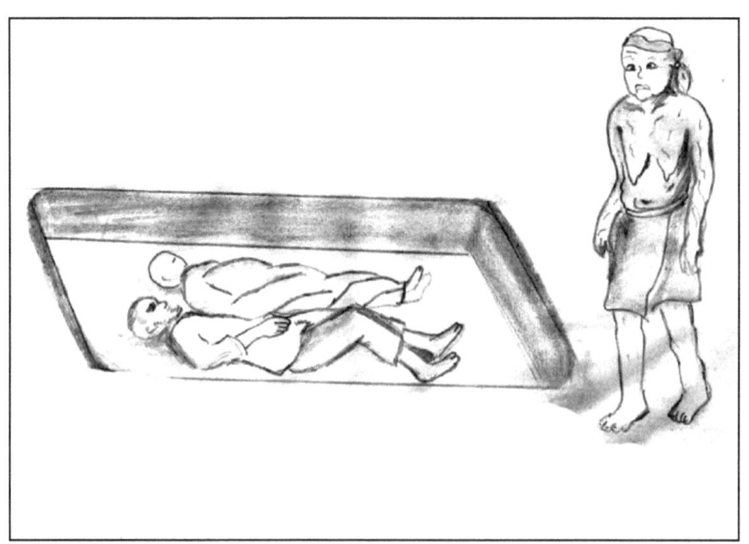

L'envoyé trouva Amborkô encore vivant auprès de son épouse en putréfaction. Il lui dit : « Amborkô, Dieu m'envoie te dire de sortir d'ici, il te reste encore 60 ans à vivre sur terre, alors qu'hier c'était le dernier soleil qui a brillé ici-bas pour Yaborkô. Même si tu restais dans ce tombeau, tu ne mourras pas avant les 60 ans qui te restent à vivre. Tu as donc intérêt à sortir ».Amborkô répliqua : « Allez prier le Tout Puissant de partager les 60 ans en deux parties égales, 30 ans pour moi et 30 à donner à Yaborkô afin qu'on vive ensemble sur terre durant ce laps de temps, et qu'on meure à la même date ». L'ange partit prier le Bon Dieu qui exauça ses vœux. Il raccourcit de 30 ans la vie d'Amborkô et prêta les 30 autres à Yaborkô. Les deux amis revinrent à la vie. Ils vécurent à peine 5 ans ensemble, qu'un jour, Yaborkô partit laver le linge au bord du marigot. Arriva un galant bonhomme monté sur un beau cheval bien paré. Il descendit de son cheval et

Yaborkô donna à boire au coursier. Après quelques conversations amoureuses, le cavalier remonta sur son cheval et continua sa route. Yaborkô qui le regardait partir l'interpella : « Hé !, si vous voulez me prendre pour épouse, je suis prête à vous accompagner sur le champ ». L'étranger prit Yaborkô et l'emmena dans son village. Le soir, on constata que Yaborkô n'était pas revenue de la rivière. « Où est-elle partie ? », demanda Amborkô à ses compagnes laveuses. « Un quidam ''l'a coupée'' (l'a enlevée), répondirent ses compagnes. Aussitôt Amborkô mit la population en branle-bas. Celle-ci se mobilisa pour se renseigner sur la destination de Yaborkô, mais en vain. Alors Amborkô se mit à pleurer, à pleurer, à pleurer, mais en vain : « Ma chère Yaborkô ! Ma chérie, mon amour, mon cœur, comment cela a-t-il pu arriver ? Toi qui as patienté des années, résisté aux tentations des jeunes galants afin de rencontrer un Amborkô, que t'ai-je fait pour te laisser enlever sans cris, sans pleurs par un inconnu ? ». Il pleura des jours, il pleura des nuits. A force de se renseigner village par village, marché par marché, les villageois finirent par découvrir son lieu de cachette. Amborkô alla lui-même dans le dit village. Lorsqu'il salua au Toguna, (abri où se reposent les sages au pays dogon), Yaborkô reconnut sa voix depuis sa maison nuptiale où elle était en train de filer du coton. « Retenez-le là-bas, car s'il me voit, ce qu'il va faire ne sera pas intéressant. Les jeunes du village sortirent à sa rencontre avec bâtons et gourdins. Ils assommèrent celui qui vient retirer leur nouvelle mariée, jusqu'à évanouissement. Les parents d'Amborkô vinrent le transporter chez eux pour le soigner.

La nuit, pendant qu'il veillait des souffrances, des douleurs des coups reçus, l'ange revint encore lui rendre visite :

Ange : « Amborkô, que se passe-t-il ?, on dirait que vous souffrez ? »
Amborkô : « Je souffre du coup que Yaborkô m'a joué ».
Ange : « Mais vous disiez que Yaborkô ne vous a jamais trahi, vous êtes d'accord maintenant, qu'on ne peut jamais faire confiance à une femme ? »
Amborkô : Oui je suis convaincu qu'elle est ingrate et je vous demande de nouveau d'intervenir auprès de Dieu afin qu'IL retire le reste des années que je lui ai prêtées pour me les remettre.

L'ange repartit transmettre les souhaits d'Amborkô au Créateur. Ce dernier toujours bon, répondit : « Si tel est son vœux, je vais le satisfaire ». Ainsi l'ange lui retira les 25 ans qui lui restaient à vivre ici-bas, et elle rendit l'âme le même jour.

Et le conteur conclut que l'ingratitude de la femme est née de Yaborkô depuis ce temps-là.

Ange : « Anthoko, que se passe-t-il ? on dirait que vous souffrez ? »

Anthoko : « Je souffre du coup que Vahoko m'a joué. »

Ange : « Mais vous disiez que Vahoko ne vous a jamais [illegible] vous étiez d'accord maintenant [illegible] ne peut jamais faire confiance à une femme. »

Anthoko : « Oui je vous avoue qu'elle est ingrate et je [illegible] donc de demander à [illegible] auprès de Dieu afin qu'il retire le reste des années que je lui ai prêtées pour me les rendre. »

L'ange repartit transmettre les souhaits d'Anthoko [illegible] dernier [illegible] « [illegible] est [illegible] [illegible] années [illegible] l'une [illegible]. »

[illegible]

2. LE SOMNAMBULISME

Il était une fois, deux amis inséparables : Anlè et Kanlê. Ils se promenaient ensemble et faisaient tout ensemble. Ils s'aimaient comme le lait et son beurre.

Un jour, Anlè, dans un somnambulisme, poignarda sa femme en plein cœur. Quand il se réveilla, il la trouva en train de baigner dans son sang. Pris de peur, il alla trouver son ami Kanlê dans la nuit et lui dit : « Dans mon somnambulisme, j'ai tué ma femme. Demain tu iras dire à mes frères et aux beaux parents, que je suis parti en exode». «Ce n'est pas possible ! Allons voir ça ! », Proposa Kanlê. Arrivés au lieu, l'ami dit : « Nous allons user d'astuce. Creusons sa tombe sous son lit pour l'enterrer proprement, en lavant lit, vêtements et tout autre objet souillé par le sang. Mais garde bien le secret ».

Le lendemain, de très bonne heure, Anlè va voir ses beaux parents pour leur demander s'ils n'ont pas vu son épouse : « Après m'avoir donné de l'eau chaude pour la douche, et servi le dîner, elle est sortie. Je croyais qu'elle est venue chez vous causer avec sa maman. Je l'ai attendue toute la nuit, mais elle n'est pas de retour jusqu'à présent. Je venais voir ce qui se passe », dit-il. « Nous ne l'avons pas vue », répondirent ses parents ». A dix heures, Anlè repartit dans la belle famille. Elle n'est toujours pas là. Il y retourna dans l'après- midi, toujours rien. « A-t-elle été enlevée par un jeune homme en vue d'un mariage ? Comme il est de coutume dans notre milieu. Si tel était le cas nous l'apprendrons dans quelques jours », ajoutèrent les beaux parents. Deux semaines après, on n'entendit rien. Alors Anlè dit qu'il était temps de se lever. Lui et son ami montèrent sur leurs chevaux et partirent à la recherche de la fameuse dame. Ils ont fouillé en vain : l'orient et l'occident, le nord et le sud. Finalement, les beaux parents leur dirent de se reposer et de s'en remettre à Dieu.

Bien longtemps après, Kanlê mourut. Anlè pleura longtemps la mort de son ami, inconsolable. « A la mort de votre père, vous n'avez pas tant pleuré ; et au décès de votre maman, vous avez gardé votre calme ; lorsque votre épouse disparut, restant introuvable à toutes recherches, vous avez pu vous maîtriser. Pourquoi ne peut-on pas vous consoler ? », Lui demanda quelqu'un. ''Pour mon ami, Kanlê c'est tout autre chose : c'est mon confident. Je n'aurai plus un ami aussi fidèle, aussi sincère que lui''. « Si vous êtes d'accord, je vais lier amitié avec vous, et je serai plus sincère que Kanlê ; notre amitié sera meilleure », dit un jeune homme.

Ainsi, Anlè eut un nouvel ami auquel il disait tout et faisait tout. Le nouveau compagnon est vraiment l'ami qu'il souhaitait. Un moment, il voulut même lui raconter le secret de la disparition de sa femme, mais il voulut d'abord sonder s'il est aussi discret que Kanlê. Anlè lui exposa un soir, lors d 'une causerie, un rêve imaginaire. « Ami, l'autre jour dans un songe, j'ai couché avec ma mère. Lorsque je me réveillai ce n'était qu'un rêve », dit Anlè. Son nouvel ami de lui répondre : « Drôle de rêve ! Que Dieu nous garde d'un tel acte ».Après la causerie, Anlè accompagna tardivement son ami à 1OOm de la porte. Il lui souhaita une bonne nuit et fit semblant de retourner. Lorsque son copain disparut, il le suivit à pas feutré pour voir s'il va révéler son songe à autrui. Effectivement le nouvel ami trouva quelques camarades éveillés à la maison et leur narra le rêve de son ami. Quand Anlè sut que son ami n'était pas discret comme Kanlê, il décida de se suicider.

A l'aube, Anlè monta sur un rônier très haut, situé sur la route du marigot du village. Il appela la première dame qui allait puiser. « Hé ! Anlè ! Que faites-vous si haut perché dans un arbre élancé, et de si bon matin ? », Demanda la brave femme. « Allez appeler mes beaux-parents, j'ai un message à leur confier avant de mourir », lui répondit Anlè. A leur arrivée, le beau-fils déclara : «

IL faut me pardonner ; c'est moi l'auteur de la disparition de votre fille. Une nuit dans mon somnambulisme, je l'ai poignardée en plein cœur. A mon réveil, j'ai vu ma femme en train de se rouler dans son sang. Ne sachant que faire, je suis parti me confier à mon ami Kanlê pour lui relater mon forfait involontaire et fuir loin d'ici. IL m'a dit de ne pas fuir ; qu'on allait chercher une solution amicale. A deux nous avons enterré votre fille sous notre lit. C'est le lendemain matin que j'ai été vous avertir de sa disparition. Vous avez vu, je ne cessais de pleurer mon ami Kanlê, c'est pour cette raison. Moi aussi, aujourd'hui c'est mon dernier jour ; mais avant de mourir, je voudrais obtenir votre absolution avant de quitter ce monde ». « Nous vous en prions, nous vous excusons sincèrement. IL ne faut pas vous donner la mort ; descendez, car nous ne vous en tiendrons pas rigueur », dirent les beaux-parents. A peine qu'ils finirent de parler, Anlè se jeta du haut du rônier et se fracassa la tête contre le sol.

MORALITE *:*
Des amis foisonnent ; de sincères sur lesquels l'on puisse compter à tout point de vue, sont rares.

Il faut me pardonner ; c'est moi l'auteur de la disparition de votre fille. Une nuit dans mon somnambulisme, je l'ai [illegible]

[illegible]

[illegible] le lendemain matin quand [illegible] avez [illegible] de sa disparition, vous avez [illegible] de [illegible] c'est pour cette raison. Moi aussi [illegible]

[illegible]

3. LE COQ ET L'HYENE

Le coq avait sa fiancée jusqu'au 7è hameau de son village natal. Et, fréquemment, il y allait causer nuitamment avec sa chérie.

Quand l'hyène sut les multiples déplacements du coq, un jour, elle se posta sur la route du gallinacé à une heure avancée de la nuit. Lorsque le coq arriva à son niveau, l'hyène se jeta sur lui mais ce dernier s'envola pour se jucher sur un arbre.

Hyène : « Descendez coq ! »

Coq : « Non, je ne descendrai pas »

L'hyène disparut quelques minutes dans la brousse et revint dire :

Hyène :« Coq, descendez car je viens de ce pas de votre maison, votre père vient de rendre l'âme. On vous attend pour l'inhumation ».

Coq : « Je ne descendrai pas pour cela. J'ai de nombreux frères et une multitude de cousins ; Allez leur dire de l'inhumer, moi je viendrai leur présenter mes condoléances attristées »

L'hyène courut rejoindre la brousse et revint haletante

Hyène :« Coq, coq descendez vite car je viens de votre village où votre maman vient de trépasser, on n'attend que vous pour l'enterrer ».

Coq : « Je ne descendrai pas. J'ai de nombreux frères et une multitude de cousins ; Allez leur dire de l'enterrer, je viendrai leur présenter mes sincères condoléances ».

De nouveau l'hyène alla vers les champs pour quelques minutes et revint en toute hâte dire :

Hyène : « Coq, descendez immédiatement, car je viens de quitter chez vous. On me charge de vous informer que votre grand frère est décédé. Vos parents vous attendent pour le porter en terre ».

Coq ; « Je ne descendrai pas, j'ai beaucoup de frères et de très nombreux cousins. Allez leur dire de le porter en terre ; je viendrai leur présenter mes condoléances les plus émues »

Toujours là, jamais las, le carnassier disparut dans la nature pour quelques moments et revint au galop disant :

Hyène : « Coq ! coq !, descendez rapidement ; je viens vous apprendre que votre jeune frère est mort et on vous attend pour l'enterrement ».

Coq : « Je ne descendrai pas hyène ! J'ai suffisamment de frères et de cousins. Allez leur dire de l'enterrer ; je viendrai leur présenter les condoléances les plus sincères »

L'hyène repartit à toute vitesse dans un bosquet voisin. A peine cinq minutes, elle revint radoter :

Hyène : « Coq ! Coq ! Descendez de l'arbre, votre sœur vient de se fracasser la tête en tombant dans un puits. Vos parents attendent votre arrivée pour l'inhumer. Je viens de

quitter la maison à l'instant même »
Coq : « Je ne descendrai pas, j'ai beaucoup de frères et de nombreux cousins. Allez dire aux parents de l'inhumer ; je viendrai leur adresser mes condoléances ».

L'hyène courut se camoufler derrière une dune, et au bout de quelques instants, elle reparut et se présenta devant le roi de la basse-cour disant :
Hyène : « Coq ! Coq ! Descendez de cet arbre car vous venez de perdre votre épouse. Vos parents vous attendent urgemment pour la levée du corps. Je viens de quitter la famille et on m'a chargé de vous en informer».
Coq : « Allez dire à la famille de l'enterrer, car j'ai beaucoup de frères et de nombreux cousins. Je viendrai leur présenter mes condoléances ».

Le carnivore courut se cacher dans une touffe et revint au bout de dix minutes dire :
Hyène : « Coq !, descendez vite, car cette fois-ci c'est votre unique fils qui vient de trépasser subitement selon votre frère que je viens de quitter ».
Coq : « Allez dire à mes parents que j'ai beaucoup de frères et de nombreux cousins. Je viendrai pour leur présenter mes condoléances »,

L'hyène va se cacher derrière une colline rocheuse, et au bout de quelques temps, revint essoufflé et dit :
Hyène : « Coq !coq !, je viens du village d'à côté, on m'envoie vous dire que votre ami est décédé ».

Le coq sauta pour venir se poser devant l'hyène en disant :
Coq : « Si c'est pour ma viande, me voici. Il faut me dévorer et ayons la paix ».
Hyène « Moi aussi, je ne vais plus vous manger sans savoir les raisons pour lesquelles vous vous rendez librement à moi, car je vous ai annoncé les décès de votre père, de votre mère, de vos frères, de votre sœur, de votre épouse et de votre fils ; pour l'honneur d'aucune de ces

personnes, vous n'avez voulu vous rendre. Mais lorsque que je vous ai informé de la mort de votre ami, vous vous rendez spontanément en m'offrant votre chair. Est-ce que l'amitié vaudrait mieux qu'un père ?, qu'une mère ?, qu'un frère ?, qu'une sœur ?, qu'une conjointe ou qu'un fils ? »

Coq : « L'amitié vaut mieux que tous ceux-ci parce que, ce que vous ne pouvez pas dire à votre père, mère, frère, sœur, femme ou fils, c'est à votre ami que vous le confiez. Si votre ami n'est plus, il n'y a plus personne à qui dire ses confidences. La vie n'a pas de goût sans confident. Je veux mourir avec mon ami. Si vous employez tout ce stratagème pour ma chair, la voici. Je veux disparaître de ce monde avec mon cher ami ».

Hyène : « Si l'amitié a tant de prix, je ne vais plus vous dévorer, mais je vais plutôt lier une alliance avec vous »

Et le coq de conclure : « Si vous avez de l'estime pour moi, que la nature protège notre alliance le plus longtemps possible. Sachez que c'est moi qui détiens la clef de la nuit. Dans vos promenades nocturnes, si vous entendez mon chant, c'est le signe de l'aurore, signe que j'ai déverrouillé la porte du jour ; il faudra rejoindre votre tanière, car si les hommes vous aperçoivent, votre vie sera en danger ».

C'est depuis ce jour qu'un sincère lien d'amitié inséparable est tissé entre l'hyène et le coq. Dès que le coq chante pour annoncer l'aurore, le carnassier rejoint la brousse pour échapper à l'œil meurtrier de l'homme diurne.

RETENONS *:*

Des amitiés sincères et durables, ont toujours commencé par des disputes, des bagarres.

4. LE RENARD ET LE CHASSEUR

Jadis le Renard était l'ami d'un chasseur nommé Tyalê du Timniri (Tyaman-bala). Ils s'aimaient tellement que, le Renard qui était un grand voyant, venait causer très souvent chez son ami Tyalê qui demandait à son devin, le sacrifice qu'il devait faire pour abattre tel ou tel animal sauvage , à la chasse. Et le chasseur obtenait toujours satisfaction si bien que, chaque fois qu'il allait à la battue, il consultait d'abord son ami Renard afin de savoir ce qu'il faut sacrifier pour descendre une panthère, abattre un lion, tuer une gazelle, etc.---

Chaque fois que le Renard venait causer chez le chasseur, après lui avoir prescrit le sacrifice à faire pour abattre le gibier désiré, il lui prodiguait également le conseil suivant : « Mon ami, mon bon ami, il ne faut jamais tenir compte des paroles d'une femme, sinon tu seras estropié, manchot, borgne, et tu finiras par être célibataire ».

Lorsque le Renard venait causer, il se couchait sur les jambes de son ami et lui répétait toujours la même consigne. Et Tyalê lui demandait chaque fois les solutions à ses problèmes sociaux et familiaux. Ainsi, un jour, le chasseur voulut savoir ce qu'il fallait faire pour abattre un buffle. Le renard, après avoir consulté ses génies lui dit : « Mon cher ami, tu sais que ta femme est enceinte, n'est-ce pas ? Tant qu'elle n'aura pas accouché, je ne vois pas ta gibecière garnie. Tu n'auras aucun gibier avant sa délivrance » Fort de cet enseignement, notre chasseur n'allait plus en brousse. Après un certain temps, son épouse fut saisie d'une forte envie de manger de la viande de bêtes sauvages. Elle dicta ceci à son mari de caractère quelque peu faible devant son épouse : « Quand ton ami Renard, mon pianga = (ami d'un mari ou épouse d'un ami), reviendra te rendre visite, il faut le tuer, il y a longtemps que je ne mange pas de viande, car j'ai fort besoin de la chair de brousse ». A peine avait-il fini de parler que, le Renard se présenta à la porte. Après les salutations d'usage, il se coucha comme de coutume sur la cuisse de son ami Tyalê assis près de sa femme, et se mit à se lécher. La femme lorgna son mari d'un coin de l'œil. Saisi d'une idée criminelle, le chasseur regarda le renard qui, en bon voyant, avait déjà deviné leur intention meurtrière et, était sur ses gardes. Tyalê avait derrière lui un long couteau acéré dont le manche était fendillé. Il le saisit et d'un puissant coup, il poignarda de toute sa force son ami couché sur ses cuisses.

Le conscient Renard sauta à temps, et s'enfuit chez lui. Le couteau pointu plongea dans la cuisse du chasseur jusqu'au fémur, et le traversa. Le manche étant en miette, il voulut retirer violemment son couteau solidement fixé à son os, en le tenant par la lame. Mais la lame trancha les quatre doigts de sa main droite, aux articulations, et qui tombèrent devant lui. De la main gauche il voulut coûte que coûte arracher le couteau qui sortit brusquement, et la queue du couteau creva son œil gauche. Notre chasseur, ainsi en un instant, eut la jambe fracturée, les doigts coupés et un œil crevé.

Le lendemain, le Renard vint rendre visite à Tyalê pour lui souhaiter meilleure santé et lui radota le même conseil : « Ami, ne tiens jamais compte des propos d'une femme, sinon tu seras estropié ; manchot, borgne pour finir par être célibataire : Ami, comme tu as trahi ton allié en écoutant ton épouse, te voilà estropié, manchot et borgne. On a soigné toutes ses blessures en amputant sa jambe. Après guérison, la femme du chasseur abandonna le foyer conjugal sous prétexte : le borgne est le totem de ma famille, donc je n'ai plus de place chez Tyalê le borgne. Elle alla se remarier ailleurs. Ainsi, notre chasseur devint célibataire. Le Renard revient encore voir son ami et lui répéta : « Tyalê, il ne faut jamais tenir compte des propos d'une femme, sinon tu seras estropié, manchot, borgne et tu finiras par être célibataire ». « Ami, reprit le chasseur, j'ai compris ta leçon, mais à mes dépens ».

***MORALITE** :*
Qui trahit un ami sincère, sera trahi par la nature.

5. LE LION ET LE LIEVRE

Un jour, lion et lièvre sortirent en tournée et on leur offrit un bœuf bien gras en aumône.

Le lion demanda ce qu'il fallait en faire, « Faut-il le tuer ? Ou le vendre ? ». Le lièvre voulut qu'on le tuât. Où va-t-on le tuer ? demanda le roi de la brousse ? ». « Nous irons en pleine brousse, loin des envieux », dit le lièvre. Discrètement le lièvre avertit toute sa famille, de se rendre à tel endroit, leur quémander la viande en vous présentant sous le couvert de caste, car je voudrais avoir plus de viande que le lion », dit-il.

Ils ont été loin du village, à un endroit où personne ne les verrait. Pendant qu'ils dépouillaient le bœuf, sortant d'un buisson, la femme du lièvre se présenta à eux, en priant : « Grand frère lion et jeune frère lièvre sont en train de dépouiller tout un bœuf à eux deux, en tout cas, je sais que la griotte que je suis j'aurai sa part ? ». Le lièvre prit la parole : « Grand frère, quel morceau va-t-on donner à cette vieille griotte mendiante ? ». « Donnons- lui un bon quartier », répondit le lion. Elle prit sa part et partit chez elle.

Quelques temps après, le fils aîné du lièvre surgit soudain, se présenta en priant : « Ah !, quelle belle aubaine ! Un Mabo qui vient trouver lion et lièvre en train de travailler de la viande. Je pense que j'aurai ma part ?». Le lièvre reprit : « Grand frère lion, quel morceau va-t-on remettre à ce jeune Mabo quémandeur ? », « Remettons-lui un quartier charnu », repartit le lion.

A peine notre Mabo disparut au loin, apparut le fils cadet du lièvre qui se mit à prier à son tour à grand gosier : « Il y a là, grand frère lion et jeune frère lièvre, en train de mettre en quartier un bœuf en plein désert. Quelle chance pour moi, c'est sûr qu'ils n'oublieront pas dans leur partage, la part de leur forgeron ». « Quelle partie offrir à ce forgeron flatteur ? », proposa le lièvre. « Offrons-lui une cuisse », déclara le lion. Puis c'est la sœur du lièvre, ensuite son frère---tous sous le nom d'une caste.

A force de distribuer à tout venant, la viande est presque finie. Finalement, les deux amis n'eurent chacun, qu'une part insignifiante, une brochette. Il ne resta plus que le foie. Le lièvre proposa à ce qu'on le grillât. Ils y mirent tous les condiments : sel, piment, poivre, vanille. Après une bonne cuisson, Le lièvre dit au lion : « Tu es grand frère, jetez quelques menus morceaux en libation aux esprits de la brousse comme il se doit dans notre coutume, avant sa consommation ».

Le lion jeta un morceau du foie du côté oriental en disant : « Esprit mauvais du levant, recevez cette viande et gardez-nous des vents maléfiques »

Un deuxième morceau du côté occidental disant : « Djinns du couchant, recevez ce foie et protégez-nous des mauvais sorts ».

Un troisième morceau du côté Nord, en disant : « Diables nordistes, prenez cette brochette ; attirez-nous du bonheur ».

Il prit enfin un quatrième morceau de foie, le jeta du côté du midi en déclarant : « Lutins du sud, acceptez ce foie afin de nous garder des mauvaises langues et des complots ».

Après ce rite coutumier, il mit une bonne miette de foie dans sa bouche, la saisit bien entre ses dents, se jeta en l'air et vint tomber brusquement par terre et fit le mort en agitant énergiquement ses quatre pattes. Le lièvre voyant cette scène, courut à toute jambe jusqu'à la maison, avertir les siens : « Allons vite jeter cette maudite viande là où nous l'avons prise. Elle est empoisonnée. Il fallait voir comment grand frère lion est tombé raide mort pour avoir seulement goûté un petit morceau de foie. Je ne voudrais pas que ma famille, ma progéniture soit décimée par la viande de ce damné animal. Le sacrificateur nous a offert un cadeau empoisonné.

Lorsque la famille du lièvre ramassa toute la viande emportée, le lion se releva soudain et dit : « Jeune frère ! Canaille que vous êtes ! Vous vous croyez toujours plus malin que les autres. C'est vous qui avez soufflé à votre famille que nous avons abattu un bœuf ici, sinon personne ne le savait. Crapule ! Depuis quand êtes-vous devenu une famille de caste ? Partageons maintenant équitablement notre butin et allons-nous en », conclut le lion.

MORALITE :

Malin, malin et demi.

Un adage dogon dit : « Celui qui se croit toujours plus malin que les autres, est le plus idiot.

6. DEUX AMIS SINCERES

Il était une fois deux amis sincères : Ebè du Arou et Tioubê du Tibiri (Tyibala). Ils étaient inséparables. Ils ont trouvé ensemble une femme pour Ebè, mais pas pour Tioubê, jusqu'à ce que la première fille de Ebè soit adolescente. L'homme du Tibiri n'arrive toujours pas à se marier. Alors Ebè prit pitié de son ami et décida de lui trouver une épouse, une pianga1 . L'homme du Arou prit 10 000 cauris sans aviser son ami, pour aller de par le monde, consulter charlatans, devins, marabouts, renards, etc.. à raison de 20 cauris par consultation. Il fit tout le tour du monde, quand il ne lui restait que 20 cauris, il tomba sur un célèbre voyant du nom de : Halavala, Koumabana, Tiêridoumê. Le voyant jeta ses cauris, les rassembla, les éparpilla et dit : « Monsieur Ebè, vous êtes venu pour un problème de femme. Ce n'est pas pour vous même, mais pour un ami. Pour que votre ami puisse trouver une épouse, il n'y a qu'un seul sacrifice, que vous n'aurez pas le courage de faire ». « Si mon ami peut convoler, il n'y a pas de sacrifice devant lequel je puisse reculer. Il faut me le dire seulement », répondit Ebè. « Lorsque vous ferez le sacrifice que je vais vous citer, votre ami aura une femme, mais le jour qu'elle franchira le seuil de la maison nuptiale, vous ami, vous deviendrez définitivement aveugle. Si vous êtes prêt à supporter la cécité toute votre vie, faites le sacrifice et votre copain aura une belle compagne », ajouta le devin.

Aussitôt dit, aussitôt fait. Après avoir exécuté le sacrifice prescrit, la première jeune fille à laquelle Ebè demanda la main, lui répondit, « Je n'aime que Tioubê parmi tous les jeunes gens de la contrée ». Les protocoles n'ont pas été compliqués, le sacrifice ayant favorisé la chance. Le jour du mariage, dès que le cortège franchit le seuil de la maison nuptiale avec la nouvelle mariée, Ebè devint brusquement aveugle. Il a fallu un guide pour le conduire à son domicile. Ebè vécut ainsi dans cette cécité des années durant sachant bien les raisons de son infirmité, jusqu'à ce que la première-née de la nouvelle mariée, soit adolescente.

Tioubê, voyant son ami aveugle depuis son mariage, décida lui aussi de le soigner. A son tour il prit 10000 cauris afin d'aller consulter, à l'insu de son ami, charlatans, devins, marabouts, renards etc… ; les plus renommés, dans le but de connaître les causes de la cécité de son ami, pour y porter remède. A raison de 20 cauris par consultation, il fit le tour du monde et tomba lui aussi, sans le savoir, sur le célèbre « Halavala, Koumabana, Tiêridoumê », alors qu'il ne lui restait plus que 20 cauris. Notre devin jeta ses cauris, les rassembla, les éparpilla encore, et dit : « Vous êtes venu pour un problème de maladie. Il ne s'agit pas de vous-même, mais d'un autre qui vous est cher. Pour qu'il guérisse, il n'y a qu'un sacrifice, mais vous n'oserez pas le faire, car c'est inhumain ». « Il n'y a pas de sacrifice devant lequel je vais reculer pour que mon ami guérisse », répondit Tioubê ». « Alors, pour que votre ami retrouve la vue, il lui faut se laver la figure avec le sang de votre fille aînée. C'est le seul sacrifice que je vois ».

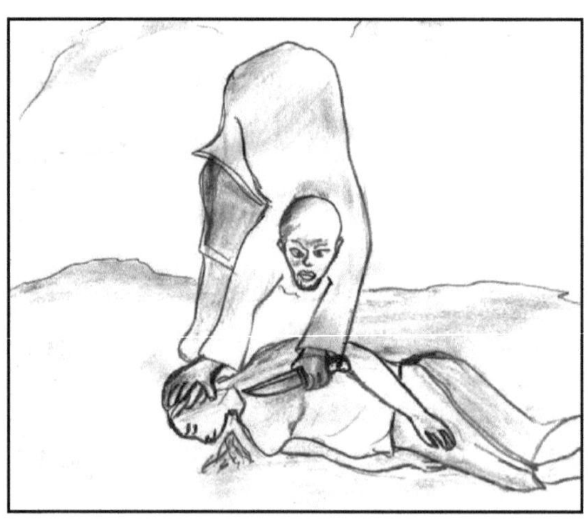

Tioubê, revenu à la maison, informa sa femme du sacrifice de leur fille adolescente. Si c'est aux fins que mon pianga retrouve la vue, je suis entièrement d'accord », déclara la maman de la fille. Une nuit, pendant que tous les jeunes jouaient sur la place du village en pleine lune, Tioubê appela sa fille. Une fois venue, il l'égorgea et recueillit son sang dans un vase. La maman de la jouvencelle prépara un bon repas matinal, et ils invitèrent leur ami au petit déjeuner. Quand l'aveugle arriva en tâtonnant, son pianga lui dit de se laver les mains et la figure avec l'eau que voici dans un vase, avant de manger. Dès que le sang de l'innocente toucha sa figure, Ebè vit clair, car ses yeux s'ouvrirent et il aperçut qu'il se lavait avec du sang. « Qu'est-ce que c'est ? », demanda Ebè. « Du remède, afin que tu sois voyant. Notre devin m'a dit, pour que tu voies, il vous faut vous laver la figure avec le sang de notre fille aînée », répondit Tioubê. Ebè protesta contre cet acte criminel, mais son pianga lui dit : « Pour que mon mari m'épouse, tu as accepté volontiers de devenir aveugle pour toute la vie. En compensation, perdre un enfant n'est pas de trop pour toi, afin que tu retrouves la vue ».

MORALITE :
Une amitié sincère va de l'abnégation, jusqu'au sacrifice ultime.

7. L'HOMME ET LE CHAROGNARD

Jadis l'homme et le charognard étaient bons amis. Ils s'aimaient si bien, qu'ils se promenaient toujours ensemble. Ils ont signé entre eux un pacte de non trahison, aussi bien en temps de paix qu'en temps de guerre.

Un jour, l'homme fut recruté pour la guerre. Le charognard se dit : « Si votre ami sincère est appelé à une bataille, vous devriez être capable de l'accompagner pour guerroyer à ses côtés. Ainsi les deux amis se rendirent ensemble au champ de bataille ; et le vautour se posta loin sur un arbre pour voir comment se défendrait son cher homme. L'homme se battait de toute sa vigueur jusqu'à, près de l'heure du repos. Il aperçut au loin son ami juché sur un arbre mort. Pour l'éprouver, l'homme se jeta par terre tout en agitant ses jambes comme atteint par une balle de l'adversaire, puis s'immobilisa et fit le mort.

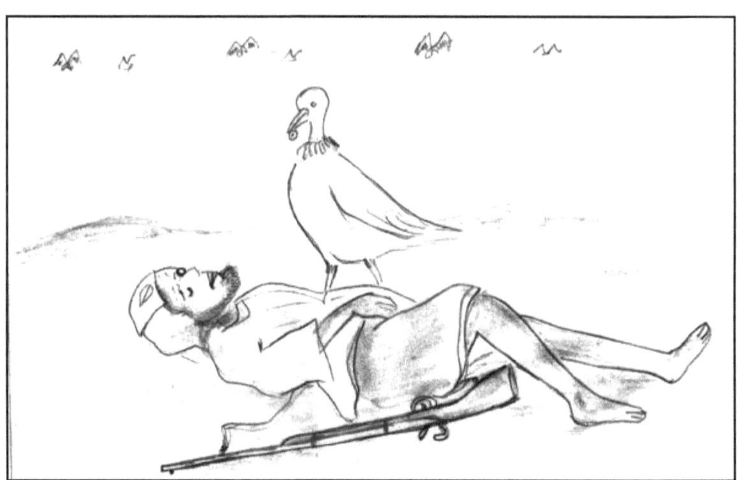

Quand le monde se dispersa, le charognard qui a suivi la scène, se dit : « Si votre ami meurt au champ de bataille, dévorer ses yeux, est l'héritage qui vous revient ». Il déploya ses ailes et sauta près de son ami pour lui picorer les yeux. Au moment où il voulut tendre son cou pour becqueter, l'homme se leva et lui dit : « Ami, c'est cela ton travail ? Qu'as-tu fait de notre pacte ? ».

Le charognard eut tellement honte qu'il baissa sa tête et les plumes de son crâne tombèrent. Depuis lors les plumes ne repoussèrent plus sur son crâne. C'est pour cette raison que les charognards restent chauves.

MORALITE :
Celui qui trahit son ami, sera trahi par la nature.

CHAPITRE II : LA PATIENCE

1. LES INTESTINS

A la création, le Bon Dieu attribua un rôle et une place à chaque créature ; mais Il a oublié les intestins. Pendant qu'ils étaient couchés, le messager du créateur, l'ange Gabriel vint les trouver dans cet état d'oisiveté. « Pendant que tout le monde est au travail, que faites-vous ici ? », leur demanda l'ange. « Dieu affecta un rôle à toutes les créatures et Il nous a oubliés. Nous sommes en train de le glorifier, de lui rendre grâce dans sa majestueuse puissance », répondirent les intestins. « Si vous ne trouvez pas que c'est une négligence de la Providence, et que vous êtes en train de le louer, de lui rendre gloire, eh bien ! Désormais tous ceux qui mangent doivent vous payer tribut qui sera l'alimentation quotidienne. Qu'ils paient ou non les impôts aux autorités, tout être qui mange, doit s'acquitter de ce tribut envers vous, manger plusieurs fois dans la journée.

C'est depuis ce temps que les intestins sont devenus le percepteur de tous ceux qui mangent : riches ou pauvres, puissants ou misérables, en leur réclamant leur tribut (la nourriture), plusieurs fois par jour, voir : matin, midi, soir. Sinon vous ne serez jamais tranquille.

MORALITE :
Lorsque vous vous contentez du sort que la Providence vous réserve, vous serez toujours heureux.

2. L'IMPATIENCE DE L'HOMME

Jadis hommes et femmes ne cohabitaient pas. Ils habitaient des villages différents, dans une zone bien boisée, si bien que le chemin qui reliait les deux cités était jonché de feuilles sèches. Chaque soir, lorsque la femme avait besoin de satisfaire son appétit sexuel, plus intelligente que son conjoint, elle arrosait les feuilles sèches sur son passage afin de ne pas faire de bruits pour ne pas éveiller la vigilance du Bon Dieu.

Un jour, elle a tardé à venir chez l'homme. Impatient, ce dernier quitta son village pour se rendre chez la femme, pressé de rencontrer sa bien aimée. Sans prendre soin de mouiller les feuilles sèches, il passa le chemin à grand bruit. Le Créateur réveillé par ce bruissement nocturne, demanda qui allait là ? « C'est moi l'homme », répondit-il. « Où vas-tu à cette heure indue ? », reprit le Tout Puissant « Je vais chez la femme », dit-il. « Eh bien, désormais je te condamne à suivre la femme », déclara le créateur.

Depuis ce jour, dans les affaires d'amour, l'impatient, c'est toujours l'homme qui fait le premier pas, même dans les relations conjugales.

Ce n'est pas moi qui le dis, nos anciens l'ont raconté ainsi.

3. L'AVARE ET LE PATIENT

Jadis, l'Avare et le Patient étaient deux frères de lait : (mêmes mamelles, même cordon de culotte).

Un jour, leur vieux père tomba malade. L'Avare par amour de son père, ne pouvait le quitter. Et c'est le Patient qui va partout consulter, devins, charlatans, marabouts, pour connaître les causes de la maladie afin d'offrir des sacrifices aux dieux, aux ancêtres aux fins de trouver des remèdes à leur père malade.

Au bout d'un certain temps, pendant que l'homme patient était dans ses randonnées, leur papa mourut et fut inhumé. A son retour, l'homme avare l'informa de ce qui s'est passé : « Notre père est décédé à ton absence et nous l'avons enterré ». « C'est bien ! Ce qui est mauvais, lorsqu'il n'y a personne pour enterrer votre parent à votre absence. Si vous avez pu porter notre papa à une bonne tombe c'est bien », répliqua le Patient. « Avant de mourir, notre père m'a dit sa dernière volonté sur le partage de ses biens, son héritage : un testament verbal. Comme c'est moi l'Avare qui suis resté auprès de lui durant sa longue maladie pour prendre soin de lui, il me donna tous ses biens vivants (bovins, ovins, caprins, équidés, volaille…)
Ainsi que tous les biens inanimés (charrues, charrettes, fusils, or, argent… m'ont été attribués également pour avoir lavé son cadavre. Le papa a même partagé la seule esclave qu'il avait, une jeune nubile. Du nombril à la tête, c'est à toi Patient ; de l'ombilic aux orteils, c'est à moi Avare. Le partage sera ainsi fait quand elle aura atteint l'adolescence », a ajouté le vieillard.

« Si telle est la dernière volonté de notre père, je m'y soumets », dit le Patient. Les deux frères vécurent ensemble jusqu'à ce que la jeune fille eût l'âge de se marier, et seul l'Avare jouissait de tout l'héritage de leur papa.

Lorsqu' arriva le moment du mariage de la jeune

esclave, Avare dit à Patient : « Si nous la donnons en mariage à un jeune homme esclave, ses enfants nous reviendront de droit selon la coutume dogon et nous aurons à les élever dès le bas âge. Au lieu de cela nous allons l'affranchir en offrant un cheval à ses parents selon nos us et coutumes, et nous l'épouserons en suivant le principe de partage de notre papa décédé. Ainsi elle sera une femme libre. Les deux frères se cotisèrent équitablement tous les frais de mariage : dot et autres dépenses sans oublier le prix du cheval. Ainsi fut mariée la jeune esclave sans être polyandre, puisque seul l'Avare profite de la mariée, le bijou familial faisant partie de sa part (le dessous du nombril). Elle est très chanceuse, car elle tomba vite enceinte et elle accoucha d'un beau garçon. Le septième jour de la naissance du bébé, la population est invitée au baptême de l'enfant. Après bien de vœux de longue vie, de santé, de prospérité, de succès au nouveau-né, on mangea divers mets, on but toutes sortes de boissons et l'on croqua force kola.

Quand la foule voulut se disperser, le Patient invita tout le monde à se rasseoir « J'ai un mot à porter à votre connaissance, dit-il. Vous savez que Avare et moi sommes frères. A la mort de notre père, tout son héritage lui a été attribué selon le testament oral de notre papa, qui a même partagé cette jeune maman entre nous deux, avant de mourir, (selon l'Avare), en m'attribuant de son ombilic à la tête. Comme les seins font partie de ma quote-part, ce que le bébé a tété de sa naissance jusqu'à ce jour, je le donne gratuitement à Avare en signe de notre fraternité .Mais de cet instant jusqu' à ce que l'enfant soit sevré, vous allez me calculer le prix du lait. Et frère Avare va me le payer obligatoirement, s'il veut que son fils continue de téter.

L'assemblée trouva qu'il a raison et procéda au calcul. Dans notre milieu dogon, un bébé tète durant trente mois (deux ans et demi). Un an après, lorsqu'on paya ce que l'enfant a tété les douze mois, tout l'héritage inanimé fut englouti. A la deuxième année de tétée tous les biens vivants de l'héritage sont absorbés par le lait. Quand l'enfant téta les six derniers mois qui restaient, Avare n'avait plus rien pour rembourser à son frère Patient. Les sages du village jugèrent légitime de remettre la deuxième moitié de l'esclave à Patient, c'est-à-dire de l'ombilic aux orteils de la jeune maman. Ainsi tout l'héritage légué par leur papa revint à Patient. Et une semaine après, un accès pernicieux emporta l'enfant, il mourut. Notre Avare sortit les mains vides dans l'héritage paternel.

MORALITE :
L'avare perd tout en voulant tout gagner.
Rien ne vaut la patience.

CHAPITRE III : SEXUALITE

1. LE PETIT TRUC

Un jeune Peulh du nom de Yororou, cherchait en mariage, une jolie demoiselle Peulh, bien svelte, appelée Dickôrè.

Pour la dot, les beaux-parents lui exigèrent : 3 vaches laitières, 2 taureaux âgés d'au moins 5 ans, 30 pièces d'or pur, une somme de 300 000F et beaucoup d'autres choses encore. Mr Yororou paya tout cela sans problèmes car Dickôrè était vraiment belle et charmante. Il fit un mariage pompeux où l'on mangea, dansa et chanta sans mesure ni scrupule. Le festin dura six jours et six nuits sans répit. Le 7ème jour la foule se dispersa.

La première nuit de miel, lorsque notre jeune homme qui brûlait d'impatience, voulut remplir ses devoirs conjugaux, il constata que le bijou familial de sa chérie était tout petit ; il s'écria : « Hé ! (Ô taan na ? = Ce n'est que cela ? Une espèce de gousse de kola coincée entre sa coquille ouverte ? On m'a fait dépenser tant d'or, tant d'argent et tant de bœufs…rien que pour ça? De la manière dont l'envie me brûle, cela ne me comblera pas. Je ne suis pas d'accord, on m'a trompé ».

Il alla trouver son beau-père afin qu'il lui remboursât tous ses biens, car dit-il : « J'ai peur d'user de ce petit truc et me retrouver seul sans satisfaction au bout du compte».Le beau-père lui répondit : « Brave jeune homme ! Quand tu auras fini de tout user, viens, je te rendrai le bien que tu m'as donné ».

Yororou le beau-fils repartit faire les 7 nuits de miel. Et chaque jour, il constate que le petit truc ne diminue pas de dimension. Il a beau s'évertuer toute la nuit, il remarque le lendemain que la gousse de kola n'a pas bougé d'un iota ; c'est plutôt lui qui se sentait épuisé. (Dja ! Dja ! Timata ! Sô a loti fu, kêssêkoul) « Ha ! ça ne finit pas, si tu le laves, il devient tout neuf ». M. Yororou ne partit point revoir son beau-père réclamer ses biens parce que le petit truc est inépuisable.

Et le conteur de continuer : Rien n'est trop cher pour une femme, car c'est d'elle que proviennent nos progénitures, et sans postérités pas d'humanité. Ensuite, la sagesse dogon d'ajouter : « (gnon môjulo ka, yadu môju kôlô), autrement dit, il y a de mauvaises femmes, mais pas de mauvaises matrices», car les hommes braves et valeureux qui font l'histoire, ne sont pas toujours issus des femmes vertueuses. Nous sommes tous, petits et grands, issus de ce petit truc que nous devons respecter.

2. L'ANE VA AU MARCHE

Un jour, le coq trouva que son pénis était trop petit pour ses multiples accouplements journaliers, et le déposa sous un grenier. Il alla commander un autre, bien plus gros et plus fort, coûtant jusqu'à 60 cauris (monnaie de l'époque), avec l'âne qui partait en acheter au marché, car lui aussi se plaignait de sa verge, tellement elle était minime ; mais il ne possédait que 5 cauris.

Le chien qui a du flair, en passant, vit un pénis abandonné sous un grenier : «Tiens, dit-il, un sexe n'est jamais de trop pour un jeune gueux comme moi ! ». Il le ramassa et l'ajouta au sien.

L'âne partit à la foire. Il trouva chez un étalagiste, des sexes de tous les calibres. Il choisit un de très gros et très long en forme de pilon. « Voilà quelque chose qui plairait au coq, dit-il. En marchandant, le colporteur le lui céda à 60 cauris. « N'y en a-t-il pas pour 5 cauris ? », demanda-t-il. Ceux qu'on lui montra étaient très minces, mais il en paya tout de même, un pour lui.

En revenant au village, en cours de route, n'ayant pas pu acheter ce qu'il désirait, il devint jaloux de ce qu'il a payé pour le coq. Il s'en appropria et vint donner le tout petit pénis à peine visible, mais bien viril, au coq : « Voici, dit-il, ce que j'ai pu trouver pour la somme que vous m'aviez donnée : 60 cauris ». Insatisfait de sa commande, le coq retourna sous le grenier reprendre son sexe qui était bien plus grand que celui que l'âne lui a amené du marché, mais hélas ! Plus de pénis. Il est bien obligé de se contenter de ce que l'âne le lui a payé. En voyant l'âne bien fourni, le coq chanta :

Pièkoulé tyèrin touki-kô ! Pièkoulé tyèrin touki-kô ! (Le pénis de 60 cauris est tout petit ! Le pénis de 60 cauris est tout petit !). Cela est devenu le chant, le cri du coq.

Quant au chien, lorsqu'il s'accouple avec sa conjointe, on n'arrive pas à les séparer parce que le second sexe, celui du coq, lui sert de ventouse. C'est pour cette raison que, tant qu'il n'est pas satisfait, on ne peut pas séparer le chien de la chienne.

3. UNE FAMEUSE DOT

Il était un jeune gamin nommé Ambatiendé, qui était orphelin de père et de mère. Il avait 7 ans lorsqu'il perdit ses parents. Dans la famille il n'eut personne pour s'occuper sérieusement de son éducation. Il ne vivait que du reste des repas de la grande famille où très souvent, la sauce n'était composée que d'eau, de feuilles de baobab, et de datou = (grains d'oseille cuits et pilés), sans sel, ne parlons pas de poissons. Ambatiendé grandit dans cette condition jusqu'à l'âge de vingt-cinq ans, démuni de tout bien.

Un jour, à la grande surprise de tout le monde, une très belle jeune fille du nom de Yatiégué, proposa à ses parents de se marier à ce pauvre homme. Ambatiendé ne pensait pas qu'un jour il serait marié, tellement il était démuni, miséreux. Les parents de Yatiégué la découragèrent en lui disant : « Toi, une si belle jeune fille, tu veux épouser ce pauvre gars qui n'a ni père, ni mère, ni frère, ni sœur et indigent de surcroît ? ». « Oui je l'aime et ne veux convoler qu'avec lui parmi tous les jeunes gens de notre Commune du Arou. C'est lui seul que je chéris », dit Yatiégué. Finalement, ses parents accordèrent sa main à Ambatiendé, et l'on fixa le jour du mariage. Le chef de famille du jeune homme consentit de se charger de toutes les dépenses des cérémonies hormis la dot qui revint à l'intéressé lui-même.

Le jour « J », au vestibule, l'on demanda à M. Ambatiendé, s'il a payé la dot ? Avant qu'on ne procède aux bénédictions d'usage avant le mariage. « Moi, je n'ai aucun bien sur terre, ni en nature, ni en espèce ; même pas un poulet en mon nom. Tout ce que je possède, c'est la santé de mon sexe. Si ma fiancée consent à l'accepter comme dot, on nouera son hymen, sinon je n'ai rien ». Yatiégué l'aimait à mourir ; elle dit : « Demandez-lui s'il est vraiment viril, je l'accepte ». La verge de M. Ambatiendé représentant la dot, on noua le mariage. Toute l'assemblée fit des bénédictions aux deux amoureux. Et l'on croqua force kola avant de se disperser.

Après les réjouissances du mariage, lorsque la nouvelle mariée rejoignit le foyer conjugal, le couple vécut jovialement ensemble car, Ambatiendé en tant qu'orphelin, apprit à tout faire, et devint très laborieux. La nature faisant bien les choses, ils eurent plusieurs enfants et devinrent très aisés grâce à l'ardeur et à l'assiduité au travail.

Comme il était devenu riche, Ambatiendé s'amouracha d'une jeune fille qu'il rencontra au marché. Il demanda sa main à ses parents qui la lui accordèrent. Après quelques mois de va et vient, de pourparler, tout fut conclu afin que la jeune fille rejoignît son mari dans un bref délai. Avant le mariage, Ambatiendé avisa sa femme Yatiégué de son intention de lui adjoindre une autre épouse. Elle lui répondit : « J'ai bien entendu. Que Dieu nous montre ce jour en paix, car un homme ne peut se contenter d'une femme ».

Le jour du mariage au vestibule, Yatiégué a tenu à y assister. Devant la foule rassemblée, elle s'adressa aux sages en ce terme : « Je suis d'accord que mon mari prenne une deuxième, une troisième, à condition que Ambatiendé ne partage pas ma dot avec ma co-épouse. Demandez-lui ce qu'il m'a donné comme dot le jour de notre union ? Je pense que vous étiez tous témoins. Il a déclaré devant tout le monde qu'il n'a rien, si ce n'est son sexe, comme dot. Je n'échangerai ma dot à aucun prix ». Les sages demandèrent à l'assemblée réunie, de prier Mme Ambatiendé afin qu'on lui rachetât à prix d'or, sa dot. « Inutile d'insister, reprit Yatiégué, ni or, ni argent, ne peuvent équivaloir ma dot ». On a beau prier Yatiégué, elle n’a pas voulu revenir sur sa décision.

Le mariage n’eut pas lieu et la foule se dispersa avec des avis partagés : qui donnant raison à la femme, qui lui donnant tort, car dans la vie, les situations changent selon le temps et la destinée de chaque individu.

MORALITE :

Quel que soit votre statut actuel, il faut réfléchir plus d’une fois avant de prendre certaines décisions, car la vie n’est que changement.

4. D'OU VIENT LE RAPPORT SEXUEL ?

Un jour, le pénis et le vagin revenaient ensemble du marché. Le pénis était chargé d'un morceau de sel gemme, pendant que son compagnon portait du tissu.

Soudain, ils furent surpris par une tornade.

Le pénis : « Comment vais-je faire ?, il va bientôt pleuvoir. Je n'ai ni sac en peau de bouc, ni imperméable. Si la pluie tombait sur mon sel, il va fondre ».

Le vagin lui répondit : « Ne t'inquiète pas, lorsque la pluie viendra, je vais abriter ta charge en mon sein ».

Aussitôt dit, aussitôt fait, lorsque l'averse arriva. Après la tornade,

Le pénis demanda : Où est mon sel ?

Le vagin : Ton sel ? Quel sel ?

Le pénis : Mon sel gemme, ma charge que je t'ai confiée !

Le vagin : Je ne l'ai pas vu !, entre le fouiller en moi, sinon, moi je n'ai pas vu ton sel.

Le pénis entra dans le vagin, fouilla, fouilla, fouilla à droite, fouilla à gauche, fouilla en profondeur, pas de sel car il y avait fondu. Mais la verge trouva que le vagin était doux, juteux et agréable. Elle lécha toutes les parois et ressortit sans retrouver sa charge.

Le pénis : En tout cas je ne cesserai pas de te réclamer mon sel.

C'est pour cela que, chaque fois que le pénis se souvient de son sel gemme, il se fâche et va lécher son sel dans le vagin pour apaiser sa colère. C'est de là qu'est né le rapport sexuel. Dès qu'il aperçoit le sexe féminin, il s'énerve et se dresse, car il a envie d'aller lécher son sel gemme.

Ce n'est pas moi qui l'ai inventé, ce sont nos ancêtres qui nous l'ont conté ainsi de siècle en siècle.

5. L'AMITIE D'UN VOLEUR

Il était une fois, deux jeunes gens : Temben et Nemben, qui s'aimaient naturellement. Nemben était un voleur. De l'enfance jusqu'à ce qu'ils devinrent adolescents, ils étaient toujours ensemble. Mais les parents de Temben ne voulaient pas du tout que leur enfant fréquente son ami, de peur qu'il ne le contaminât de son vice. Chaque fois que Nemben se rendait chez son ami Temben, ses parents le réprimandaient en lui disant : « Si jamais tu continues de suivre ce petit voleur, gare à toi ! Sinon un jour nous serons tous appelés à la justice pour payer de lourdes amendes et finir peut-être par la prison. On ne veut plus te voir avec lui ». Malgré les réprimandes des parents, Temben allait trouver clandestinement son ami pour jouer et causer ensemble, car l'amitié sincère est plus forte que tout, et n'a pas de contrainte.

Temben était un beau garçon bien élancé et bien bâti qui attirait la convoitise de nombreuses jeunes filles, comme celui de cette griotte que nous allons voir. Temben partit un jour chez la jeune griotte qui a des yeux pour lui, se faire tresser les cheveux comme il était de coutume chez nous. Amoureuse de lui, elle invita Temben dans sa chambre comme pour lui remettre quelque chose. Lorsqu'ils entrèrent, la griotte saisit sa culotte et lui révéla ses sentiments. (A savoir que dans le milieu Dogon, il est formellement interdit de coucher avec une griotte sous peine d'être excommunié de l'ethnie).

La Griotte : « Couche avec moi, si tu le refuses je vais crier sur toi ».

En se débattant, Temben put s'échapper, mais sa culotte resta entre les mains de la griotte. Il courut à la maison, raconter à son ami :

Temben : « La griotte voulait que je couche avec elle, je réussis à lui échapper mais ma culotte est restée entre ses

mains, ma réputation sera gâtée dans tout le pays. Je vais fuir et aller en exil ».
Nemben : « Pourquoi fuir ? »
Temben : « Je vais en exode parce que ma renommée est en jeu. J'aurai beau m'expliquer, on ne me croira pas, et je n'aurai plus de femme dans notre contrée, je préfère partir ».

Lorsque son mari vint à la maison, la griotte lui présenta la culotte en disant que Temben voulait la violer mais elle a crié et il s'est enfui. Voilà la preuve .Elle exhiba sa culotte devant son mari.

Or le vrai fond, est que Temben et un autre jeune homme du village faisaient concurrence pour la même jeune fille. Lorsque l'autre jeune homme s'aperçut que la fille préférait Temben, il partit soudoyer la griotte au su de son mari, afin de gâter son nom aux fins d'épouser la fille.

Le griot répondit à sa femme : « Demain j'apporterai cette culotte au Ogon qui doit provoquer une assemblée générale du village. Quand on saura le fauteur, il sera exécuté sur la place publique »

Griot et Griotte cachèrent la culotte au fond de leur caisse en attendant le lendemain. Le griot alla voir le Ogon pour lui narrer l 'incident survenu entre sa femme et Temben. Le Ogon lui ordonna d'annoncer la convocation publiquement. Le griot se promena de quartier en quartier avec tam-tam en disant ; « Hééy ! Hééy ! Le Ogon invite tout le monde à la place publique, que personne ne bouge demain. Il y aura une grande réunion demain matin. Il y a quelqu'un qui a voulu violer ma femme, il nous a échappé sans que nous ne le reconnaissions, mais nous avons sa culotte comme preuve. Lorsqu'on saura le fautif, il sera pendu publiquement »

Lorsque Temben entendit le crieur public, il eut la

chair de poule. Il alla tout en pleurs chez son ami voleur lui expliquer son inquiétude.

Nemben : « Ne t'en fais pas, si je suis vraiment un voleur, tu bénéficieras de mon vol, car tes parents ont tout fait pour nous séparer mais toi, tu m'es resté fidèle .Tu auras la récompense de ta fidélité »

Il sortit son petit fétiche et alla payer un jeune poulet tout noir. Il le tint de la main gauche au-dessus de son fétiche, tout en récitant une incantation. Sans être égorgé, le sang du poulet se mit à couler du bec et des narines. Nemben arrosa abondamment son fétiche de ce sang. Ainsi les deux amis ont ''attaché'' tous les villageois et en particulier la famille du griot.

Dans la nuit, Nemben prit un coupe-coupe bien tranchant, alla dans l'écurie du Ogon, coupa la queue de son plus beau cheval à la croupe. Il l'emporta jusqu'à la maison du griot, ouvrit la malle qui contenait la culotte de son ami Temben, prit la culotte, y jeta la queue du cheval du Ogon et sortit nuitamment sans être aperçu de personne : puis il vint remettre la culotte à son ami. Temben la porta pour le reste de la nuit. Le lendemain, les villageois s'assemblèrent sur la place publique. Le griot et la griotte aussi, sûrs de leur stratagème, sortirent avec la caisse contenant la culotte de Temben. Entre temps, l'écuyer du Ogon vint informer qu'on a coupé la queue de son cheval. Le Ogon demanda qu'on réglât en premier lieu le problème de la queue de son cheval, mais l'assemblée décida qu'on parlât d'abord du conflit pour lequel on est réuni.

Lorsque le griot ouvrit le coffre, au lieu d'une culotte, on vit la queue du cheval du Ogon bien enroulée.

Le Ogon : « Ah ! C'est vous qui avez coupé la queue de mon coursier pour la cacher et venir nous parler de viol ? ».

Le griot eut tellement honte qu'il se mit à plat ventre devant le Ogon afin de lui présenter ses excuses.

C'est depuis lors que les griots chantent les louanges des hautes personnalités dès qu'ils les aperçoivent, en guise de pardon.

MORALI TE :

Dans la société, on a parfois besoin, même des délinquants.

6. UNE JEUNE FEMME CANDIDE

Généralement en pays Tomon, comme peu d'hommes se contentent d'une épouse, M. Antandou Bôgou alla enlever une femme du nom de Yadiendié selon une coutume au pays dogon, pour seconder sa première dame Yaoundê. En principe, on amène la nouvelle mariée de nuit ; le lendemain matin Antandou Bôgou présenta à la première, sa nouvelle femme. Celle-ci souhaita la bienvenue à sa coépouse. Après la présentation l'homme s'éclipsa, laissant les deux dans la cuisine. Pour effrayer la nouvelle mariée, Mme Yaoundê dit : « Petite sœur, que tu es brave ! Tu veux me concurrencer ? Tu n'as jamais entendu parler de moi ? Regarde, (elle détache son pagne et présente sa face à Yadiendié), mon pubis bien charnu avec de grosses lèvres. Puis présentant son dos, elle se courbe et dit : « Regarde ma matrice bien fermée par de petites lèvres. Moi j'ai deux sexes, l'un devant et l'autre derrière ». Prise de peur, la nouvelle mariée se dit : « Je n'ai jamais vu une femme à deux matrices, jamais entendu ; il n'y a pas de place pour moi dans ce foyer. Dans l'hermaphrodisme même, les deux sexes sont mâle et femelle, mais chez elle, tous les deux sont féminins. Je m'en vais chez mes parents ».

Elle partit narrer la scène à sa mère qui s'est mise à rire et lui dit : « Pauvre Yadiendié, que tu es vraiment naïve ! Quand je te traitais de bête, tu n'as jamais été d'accord avec moi mais, voilà la preuve. Chez toi aussi c'est la même chose. Ôte ton pagne et regarde ton pubis ; courbe-toi et touche derrière ta conasse. Devant et derrière, c'est le même sexe. Rejoins ton mari, et ne te laisse plus tromper par les astuces de ta co-épouse ». Yadiendié repartit vivre dans son ménage sans problèmes.

Retenons que dans cette vie, nous nous laissons effrayer le plus souvent par des astuces que par des réalités.

7. ORIGINE DE LA POLYGAMIE

Jadis, les hommes vivaient cachés dan la forêt. Ce sont les femmes qui habitaient le village. Si elles voyaient les hommes en brousse, elles les pourchassaient et les tuaient pour les dévorer afin de concevoir.

Un beau jour, un groupe de femmes a surpris des hommes en train de cueillir du miel en plein midi dans un arbre. Elles les capturèrent afin de les mettre à mort. Le doyen des hommes déclara : « Si vous nous laissez en vie, nous vous ferons goûter le fruit de notre cueillette ». Rapidement les femmes se concertèrent et acceptèrent la proposition. Ils descendirent de l'arbre et offrirent un beau rayon de miel bien juteux aux femmes. Lorsqu'elles eurent goûté de ce miel, elles s'écrièrent : « Oh ! Que c'est doux ! Que c'est agréable ! Donnez-nous tout le pot que vous avez cueilli ». Le doyen reprit : « Vous avez savouré le miel ?, mais nous les hommes, nous possédons une autre chose plus succulente encore ». « Eh bien ! faites-nous en goûter », reprirent les femmes en chœur. Le doyen de répondre : « Cela ne se goûte que le soir après dîner, à la maison au lit ». « Allons donc au village ensemble », proposèrent-elles. Elles amenèrent ces hommes à leur reine Yassamba pour lui narrer leur aventure et les propos de ces étrangers. Quand la reine eût goûté le miel, elle dit : « Oh ! Que c'est délicieux ! Dire que vous avez quelque chose de plus doux que cela ?, que la nuit vienne au galop ! Nous verrons de quoi il s'agit ». Yassamba repartit les hommes entre les femmes de sa cour, en se réservant le doyen, un bel homme de constitution forte.

Après un dîner copieux à vingt heures, nos couples novices gagnèrent leur chambre dès vingt une heures sans se donner le temps de causer un peu. Une fois au lit, le doyen dit à la reine : « Nous allons passer à l'expérience. Mettez une bonne goutte de miel dans votre bouche avant qu'on ne commence à faire la bête à deux dos ». Aussitôt dit aussitôt fait. C'est après l'orgasme, suite aux voluptueux mouvements sensuels de va et vient au lit, que la reine a pensé avaler sa goutte de miel. « D'accord avec moi que, ce que nous possédons est plus doux que le miel ? », demanda le doyen. « Vraiment, cela se passe de commentaire », confirma Yassamba.

Le lendemain matin, la cour féminine décida en conseil extraordinaire : « Désormais, toute femme qui prendrait un homme en brousse, va le garder pour elle, au lieu de lui enlever la vie ». Alors les femmes sortaient seule ou en groupe de deux, trois et plus, chasser les hommes dans les forêts et les savanes, pour s'en approprier. C'est ainsi qu'est née la polygamie. Selon que l'homme ait été capturé par une, deux, trois voire cinq ou sept, il est obligé de partager le lit à tour de rôle avec ses femmes qui l'ont pris.

Ce sont les femmes qui ont domestiqué les hommes ; sinon ils étaient en brousse comme des animaux sauvages.

Ce n'est pas moi qui l'ai inventé, je l'ai appris des anciens.

8. LA JEUNE FILLE QUI VOULAIT RESTER CELIBATAIRE

Jadis, il y avait une très belle jeune fille qui ne voulait pas se marier. Les jeunes gens ont tout fait pour la posséder mais en vain, elle ne voulait se marier.

Un jour elle alla en brousse chercher du bois de chauffage. Quand elle eut suffisamment de bois, elle prit son fagot pour revenir au village. En cours de route, fatiguée, elle s'arrêta sous un grand caïlcédrat bien touffu. Elle jeta son fagot à terre et s'assit à même le sol pour se reposer. Elle finit par se coucher et s'endormit. Dans son profond sommeil, son pagne se détacha laissant son sexe exposé. Un caméléon vint la trouver dans cette position et s'unit à elle. Lorsque la fille s'aperçut que quelque chose la chatouillait, elle se réveilla brusquement et vit que c'est un caméléon. Elle l'arracha et le jeta loin. Elle reprit sa charge pour revenir à la maison. Quelques temps après, on s'aperçut qu'elle est enceinte mais personne ne connut l'auteur de la grossesse.

Neuf mois après, elle accoucha d'un joli garçon. Quand l'enfant eut grandi, il n'eut pas de jeune homme aussi beau que lui dans la contrée. Il était la convoitise de toutes les jeunes filles. Mais s'il demandait la main d'une fille, arrivé au moment des fiançailles, les gens disaient à la jeune fille : « Eh bien ! Vous, vous voulez vous marier avec un jeune homme sans père ? ».Et celle-ci d'y renoncer. Le garçon resta ainsi célibataire jusqu'à ce que tous les jeunes gens de son âge, ceux de l'âge de son frère puîné, et même de son deuxième jeune frère, soient tous mariés. Mais lui impossible, parce qu'il est de père inconnu.

Une nuit, il prend un couteau pour aller trouver sa mère dans sa chambre : « Maman, si tu ne dis pas où se trouve mon père, je vais te poignarder à mort et me tuer ensuite. Aujourd'hui c'est notre dernier jour », dit-il. Sa mère lui répondit : « Si tu as besoin de ton père, va sous ce grand caïlcédrat que voilà à l'est du village. C'est là-bas que je t'ai conçu.

Le lendemain, de bon matin, le jeune homme se leva, prit sa pioche et alla sous le grand caïlcédrat. Il appela trois fois son père : « Papa ! Papa !papa ! ». Et chaque fois, du haut de l'arbre, quelque chose lui répondait ; « Me voici ! Me voici ! ».Il leva la tête pour regarder dans l'arbre, mais ne vit qu'un caméléon, et il l'interrogea : « Est-ce toi mon père ? » Et le quadrupède de lui répondre : « Oui c'est bien moi ! ».Et bien ! J'en ai assez de cette vie ; tous mes camarades et amis sont mariés, mais moi je n'arrive pas à convoler. Si tu es vraiment mon père, fais quelque chose pour moi. « Si tu en as assez sur cette terre, viens chez moi, monte sur l'arbre, c'est là ma demeure », dit le caméléon. Le jeune homme monta chez son père jusqu'à la cime du caïlcédrat. « Jette-toi à terre, la tête en bas » ordonna le caméléon à son fils. Notre jouvenceau croyant qu'il allait se fracasser contre terre et mourir, mais miraculeusement, il se retrouva sur le dos d'un beau coursier dont les rênes sont tenues par neuf belles jeunes filles au milieu d'un gros village habité que par de jolies femmes charmantes de toutes tailles. On le conduisit chez la Reine Yassamba. Il descendit de son cheval et la salua. Yassamba lui souhaita la bienvenue et lui dit : « Jeune homme, tu es venu ici dans un village de femmes ? C'est bien ! Tout ce que tu vois, est à toi : femmes, animaux et autres biens. Tu rentres où tu veux, chez qui tu veux, tu ne seras soumis à aucune besogne ; le seul travail que nous te demanderons est de manger, boire et de partager le lit avec toutes les femmes. L'unique interdit, tu vois là-bas un petit grenier ? Il ne faudra jamais l'ouvrir pour y entrer pour quelque motif que ce soit. A part cela, tu fais tout ce que tu veux dans le village, tout t'appartient ».

Le jeune vécut ainsi, longtemps dans la bombance et l'abondance, mangeant les mets les plus délicieux, jouissant de toutes les femmes de son goût. Mais un jour, pendant que toutes les femmes sont parties semer au champ, car c'était la première pluie de la saison hivernale de l'année qui vient de tomber. Poussé par une curiosité irrésistible, notre jeune homme se dit : « Comment toutes ces choses peuvent m'appartenir et que je n'aie pas droit à voir l'intérieur de ce menu grenier ? Certainement il doit contenir des choses plus intéressantes que ce que je vois dehors ! » Il prit la clef, ouvrit le grenier, mais ne vit rien, il y mit sa tête, il ne vit rien toujours ; puis, il se jeta dedans et se trouva dehors, dans le village où il habitait auparavant. Tout le monde crie, « Notre jeune homme sans père est revenu !! Notre jeune homme sans papa est de retour de son exode !! »

Les moqueries et les railleries reprirent de plus belle. Ne pouvant vivre dans cette atmosphère vicieuse, il retourna sous son arbre. Il retrouva le caïlcédrat, mais pas le caméléon, son père. Il monta au sommet de l'arbre, se jeta encore à terre. Il vint se fracasser au sol. Ce fut la fin de sa vie et la fin de l'histoire.

MORALITE :

La Providence a toujours secouru les affligés, les infortunés ; Mais les éternels insatisfaits ont toujours fini par perdre leur dignité, leur bonheur, et parfois leur vie = (Ödiö nabèlonw sa gondo dun-fulè, dala'y).

9. UN SACRE VILLAGE

Là-bas, là-bas, existait un village, très très lointain, inconnu même du Bon-Dieu, nommé Djondjo ; une femme y était interdite formellement. Femme ? C'était le strict totem du village Djondjo ; car si elle y pénétrait, le YABA[1], (fétiche protecteur de la cité) criait pour signaler sa présence.

Dans un autre village, vivait une famille de 7 frères de lait et leur sœur, Yèlen-Babourou. L'aîné du nom de Ebê-Badjin, qui en avait assez de sa femme, s'enfuit aller se réfugier à Djondjo. Son puîné nommé Arê, se disputa avec son épouse, et alla se cacher à Djondjo. Le 3è fils Antandou, eut une prise de bec avec sa conjointe, s'éclipsa du village, et se retrouva à Djondjo. Son puîné surnommé Enê, chercha chicane avec sa chérie afin de rejoindre ses frères à Djondjo. Le 5è fils, monsieur Annou eut, à son tour une altercation avec sa bien aimée, une diablesse, s'effaça discrètement de la ville pour rejoindre Djondjo. Celui qui le suit, Amborkô, n'étant pas encore marié, mais dont la fiancée lui faisait déjà voir de toutes les couleurs, disparut lui aussi de la circulation pour regagner le village des hommes. Le 7è fils enfin, Ambassongo, un célibataire voyant tous ses frères fuir devant leurs épouses, se dit : « Si les femmes sont si méchantes, je ne me marierai pas ». Il décida de rejoindre ses frères à Djondjo.

Yèlen-Babourou, leur sœur, se sentant esseulée, décida d'aller habiter à Djondjo chez ses frères, village dont le totem strict était la femme. Elle se déguisa en homme : habillée d'un grand boubou bleu, d'un large pantalon bouffant, elle attacha un long turban noir, prit le cheval de leur père, le harnacha, bien bottée avec des éperons aux talons, tint les rênes du coursier, un pied sur

---

[1] *Fétiche protecteur du village*

l'étrier, elle monta aisément sur la selle et prit la route de Djondjo afin de violer l'interdit du dit village.

Arrivée à Djondjo, dès qu'elle descendit de son cheval, le YABA se mit à crier. Alors, le Ogon du village eut des appréhensions : « Si ceux qui sont venus précédemment au village sont des hommes, celui-ci doit être une femme ». Alors, les jeunes gens se levèrent pour entourer le cavalier afin de l'inspecter. Ils ont beau regarder, l'étranger a tout l'air d'un homme. Mais le fétiche continue de crier de plus bel. Lorsqu'on la salua, elle répondit avec la voix d'un homme. « Donnez-lui à manger du tô et de la crème », ordonna le Ogon. S'il mangeait du tô c'est un homme : par contre s'il buvait de la crème c'est une femme. Quand on lui apporta le repas dans une maison, pour l'éprouver, elle fit semblant d'uriner et entra dans l'écurie où est attaché son cheval pour lui poser son problème. Ce dernier lui conseilla de manger le tô et de laisser la crème, sinon qu'elle sera tuée. Ainsi elle mangea le tô et laissa la crème (parce que dans notre milieu, la crème est le plat préféré des femmes). L'homme n'a pas été découvert, pourtant le fétiche protecteur continue de sonner l'alerte. Au déjeuner, on lui offrit de la viande cuite et de la grillade. Elle feignit d'uriner et se rendit chez son cheval qui lui dit : « On t'a amené de la grillade et de la viande cuite, mange la première et laisse l'autre ». A table, elle mangea la grillade. « La viande cuite est pour les femmes et les enfants », dit-elle. Là encore, on n'a pas pu la démasquer. Que faut-il faire ? « On va organiser une course hippique », dit le Ogon. A cette concurrence des chevaux, elle a été championne. « Ce n'est pas possible qu'une femme soit première parmi tant de cavaliers », se dit-on. Que faire ? Le fétiche continue de sonner la sirène. « Ce soir, on va lui amener une charmante demoiselle avec laquelle elle va passer la nuit. Si l'hôte la touche, il doit être un homme, au cas contraire, il doit être une femme ». Yèlen va consulter son équidé : « Voilà qu'une belle jouvencelle va passer la nuit avec moi, que faire ? ». « Je te passe mon pénis de cheval, tu pourras t'en servir pour cette nuit », lui répondit son coursier. A force de forniquer avec énergie, la jeune fille meurt épuisée avant l'aube. Le lendemain, la population enterra son cadavre et dit qu'il n'y a plus de doute que l'étranger soit un homme. Mais le YABA[2] crie de plus en plus fort. Il reste une dernière épreuve. Maintenant, nous allons organiser une compétition de nage à nu, dans la grande mare de Djondjo. Le matin de bonne heure, tous les jeunes se rendirent à l'étang, à cheval. L'hôte aussi, après son petit déjeuner, s'en alla avec son cheval. Elle ôta son boubou et au moment où elle voulut défaire le cordon de son pantalon bouffant, son cheval rompit son entrave, et se mit à mordre les autres chevaux biens attachés. « Eh ! Étranger ! Attention à votre cheval ! Il a blessé mon cheval ! Eh !, votre cheval a mordu le mien à sang ! Eh !, Le mien s'est détaché ! Hé ! Hé ! Hé ! ». Chacun courut attraper le sien. L'hôte profita de ce désordre causé par sa monture, et du brouhaha, pour fuir vers son village d'origine.

« Bien qu'une femme soit interdite dans votre cité, me voilà partir après y avoir séjourné un bon bout de temps », déclara Babourou. Alors tous les cavaliers la poursuivirent. Ils l'ont pourchassée jusqu'au soir. Voilà qu'il va faire nuit. Averti de sa fuite, le Ogon attira la pluie sur elle et l'orage se prépara dans la nuit. Il fit si noir qu'elle ne voyait plus la route, et la pluie menaçait de plus en plus. Elle sentit qu'on allait la rattraper bientôt. Que faire ? Son cheval lui dit : « Il faut me tuer,

---

[2] *Yaba : fétiche proecteur du village*

m'éventrer et couche-toi parmi mes entrailles, et dors-y ». Ainsi fut fait.

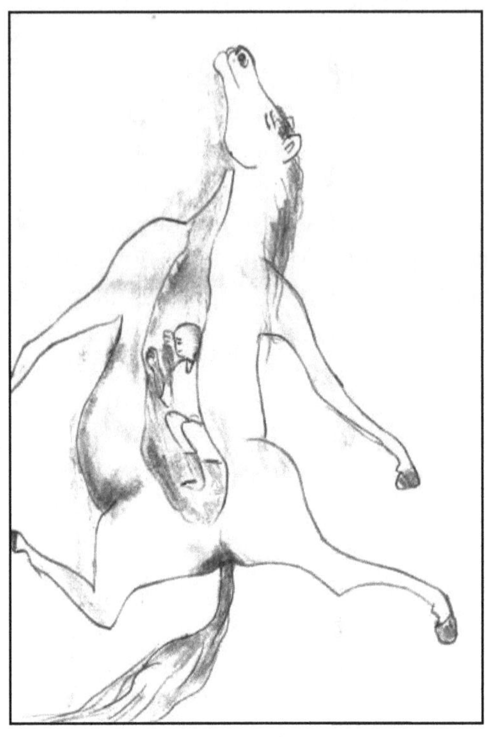

Le lendemain, lorsqu'elle se réveilla, elle se trouva dans son propre lit dans sa chambre. Elle alla voir dans l'écurie et y trouva le même cheval attaché. « Ce cheval là ! C'est un équidé très très diabolique », dit-elle. « Ah bon ! Comme je t'ai sauvée, tu me traites de Satan ? ». Alors le cheval se mit à crier de chagrin, de remords : houn houn houn !!, houn houn houn !!

C'est ce cri de regret qui est devenu le hennissement du cheval.

MORALIE :

Là encore, ressort l'ingratitude de l'homme.

10. POURQUOI LES POLYGAMES PREFERENT-ILS LEUR DERNIERE EPOUSE AUX AUTRES ?

Un homme du nom de Tyalê, Ogon du Timniri = (Tyaman-bala), possédait trois femmes. En pleine apogée de son règne, il contracta une méchante lèpre qui le rendit estropié, manchot, mi-aveugle et par surcroît impuissant.

Un beau matin, pendant qu'il s'échauffait au soleil à sa porte, un gros margouillat à la tête rouge, pourchassé par un épervier affamé cherchait à le dévorer. Il courut à toute vitesse se réfugier dans la culotte béante du Ogon, et se colla à son pubis. L'épervier n'ayant pas pu atteindre sa proie, se posa dans l'arbre de la cour du Ogon et le réclama à Tyalê. « Hé ! Majesté ! Si vous me remettez mon gibier, vous retrouverez votre santé, vous aurez de nouvelles jambes, de nouveaux bras et vous verrez clairs comme un gamin ».Le margouillat de répliquer à son assassin : « Hé ! Ogon !si vous arriviez à me sauver de ce carnassier, je soignerai votre impuissance, ainsi vous pourriez procréer et avoir une nombreuse progéniture ». Tyalê leur répondit : « Epervier et margouillat, je vous ai bien compris ; mais permettez-moi de demander les avis et suggestions à mes épouses ».

Ainsi le Ogon fit venir sa première femme et lui narra les deux déclarations.

La première répondit : « A mon humble avis, il faut remettre le margouillat à l'épervier afin que tu retrouves ta santé d'antan pour travailler dans les champs et nous nourrir correctement, même si tu restes impuissant ».

Puis il fit appel à la deuxième. Tyalê expliqua le problème à sa femme cadette qui lui répondit ; « Je préfère qu'on remette le reptile à l'oiseau afin que notre mari retrouve sa santé juvénile pour qu'on puisse le montrer en public comme notre digne mari, et Ogon du Timniri ».

C'est entendu. Va appeler ta co-épouse, ordonna le Ogon. A son arrivée, Tyalê lui relata ce qui se passe : « Ce matin, pendant que je prenais un bain de soleil à ma porte, un margouillat vint à toute vitesse se réfugier dans ma culotte, poursuivi par un épervier qui cherche à l'avaler. L'oiseau carnassier me demande de lui remettre sa proie, en contre partie, il va me redonner ma santé d'antan. Le margouillat par contre, me promet de guérir mon impuissance si je le sauvais des griffes de l'épervier. Je t'ai appelée pour me sortir de ce dilemme ». La troisième femme, la plus jeune des épouses du Ogon déclara : « Demandez à l'épervier s'il a besoin coûte que coûte du margouillat ? Ou bien s'il a besoin de la viande pour se nourrir ? ». Tyalê posa la question à l'épervier. Ce dernier lui répondit : « Je n'ai aucun besoin spécial du margouillat, j'avais faim ce matin après de longues recherches de gibiers, je n'ai rencontré que ce margouillat, qui aussi cherchait à m'échapper. Si vous arriviez à remplir mon ventre, vous retrouverez l'usage de vos membres et de vos yeux ». Alors la benjamine des épouses dit de l'attendre un instant. Elle va prendre une de ses grosses poules qui pondait pour l'amener à son mari. On égorgea le poulet, le pluma et le jeta à l'affamé épervier qui attendait impatiemment. Le rapace le becqueta à satiété, puis il s'éleva dans les airs, fonça droit sur Tyalê et d'une aile, il frappa le tympan droit du Ogon. Et du coup, les membres et l'œil de ce côté devinrent normaux comme avant. Il remonta encore dans le ciel et fondit droit en vertical sur Tyalê, et le gifla de la deuxième aile, le tympan gauche. Soudain, les membres et l'œil de ce côté redevinrent normaux. « Voilà tout ce que je peux faire », déclara l'oiseau, et s'envola chez lui bien repu.

C'est votre tour margouillat, car l'épervier est parti », dit le Ogon. « Est-il vraiment parti ? Est-ce que j'ai la vie sauve ? », demanda le reptile. « Sois sans crainte », reprit Tyalê. « Donc attendez-moi », repartit le reptile. Le margouillat fit trois fois le tour de la ceinture du Ogon, et s'accrocha à sa verge. Il s'étira et leva sa tête. Au même moment, le sexe du Ogon se mit en érection et à s'émouvoir. Lorsque le margouillat lève la tête, la verge s'élève, quand il la baisse, le pénis aussi se baisse. Voilà ce que je peux pour vous », dit-il et s'en alla à son tour chez les siens.

C'est depuis ce temps, que garçons et margouillats ne se comprennent pas au pays Dogon-Tomon, parce que les mouvements que font les margouillats sur les murs des maisons, les garçons trouvent qu'ils se moquent d'eux en imitant leur sexe en érection, et se mettent à les lapider.

C'est pour cette raison aussi que les hommes préfèrent généralement leur dernière épouse aux autres coépouses.

CE N'EST PAS MOI QUI L'AI DIT, JE L'AI APPRIS DES ANCIENS.

11. LE PRIX DE LA RECONNAISSANCE

Il était une fois, le pénis, la bourse et le vagin qui allèrent glaner des arachides dans un champ lointain. Pendant qu'ils déterraient les cacahuètes, le pénis donnait une bonne partie de sa récolte au vagin, alors que la bourse ne pensait qu'à remplir son ventre. Soudain, une grosse pluie torrentielle les surprit. Que faire ? Le village est loin, pas d'abri dans le champ. Alors le vagin invita la généreuse verge à entrer dans son trou. Lorsque la pingre bourse aussi voulut y entrer pour se protéger de la pluie, le vagin protesta énergiquement en disant : « Depuis que nous sommes là dans ce champ, vous n'avez rien voulu me donner. Vous, restez là à la porte ».

C'est depuis ce temps, que lors du coït, le pénis pénètre dans le vagin et la bourse reste dehors.

Ce n'est pas moi qui l'ai inventé, je l'ai appris des anciens.

11. LE PRIX DE LA RECONNAISSANCE

Il était une fois, le porc, la bufflesse et le poulet qui allaient planter des arachides dans un champ. Pendant l'entretien qu'ils déterminent les calendriers, le porc [illegible] que [illegible] [illegible] [illegible] [illegible] [illegible] est loin, pas d'aller dans le champ. Alors le [illegible], à la [illegible] [illegible] dans son [illegible]. [illegible] la [illegible] [illegible] [illegible] [illegible] [illegible] la [illegible]

CHAPITRE IV : LES LEGENDES

1. ORIGINE DE LA GUITARE AFRICAINE A DEUX CORDES

Selon la tradition Tomon-dogon, certains disent que la guitare africaine à deux cordes vient d'une biche, d'autres des jumeaux : Andia et Ansèguè, d'autres encore, de Arê et de Badjou. En réalité, elle provient d'un Djinn.

Au temps où la guitare africaine à deux cordes était chez le djinn, ce génie se nommait Habla et sa femme Hahabla. Habla avait des cils blancs. Il arrachait un crin de ses cils pour l'attacher à sa guitare en guise de la 1ère corde, et la seconde venait des cils de Hahabla son épouse. C'est ainsi qu'il jouait sa guitare. Avec l'usure des temps, il eut marre de son instrument et le donna à la biche qui lui avait rendu un grand service ; et cette dernière l'avala sur place.

Quelques temps après, la biche tomba enceinte. Quand arriva l'heure d'enfanter, elle mit bas près d'un marigot hanté nommé Golo-Tyidja. Or, lorsqu'un enfant naît, il faut le laver, lui faire boire, lui faire le lavement. Cette eau ne se trouvait que dans le Golo-Tyidja, marigot hanté par des génies appelés par certains, Andia et Ansèguè, et par d'autres, Arê et Badjou, qui gardaient jalousement la source. Arê est armé de flèches en feu et Badjou de flèches en soleil. Quel homme brave et courageux trouver en brousse pour affronter les flèches d'Arê et de Badjou afin d'aller puiser l'eau pour la toilette du nouveau-né. Ne trouvant personne, la biche s'est mise à pleurer. Alors tous les animaux de la brousse se rassemblèrent autour d'elle. Que faire ?

-La biche demanda le service au lièvre. Celui-ci lui répondit : « Oui, c'est normal que je vous rende de tel service, mais je suis le champion de la ruse en brousse, mais je ne veux pas être le champion de la mort.

- La biche sollicita la gazelle ; celle-ci répondit : « C'est juste, le titre de la course à vitesse m'est décerné parmi les animaux, mais celui de la mort, je n'en veux pas.

- La biche s'adressa à l'hyène qui lui répondit : « Je ne veux pas cumuler avec le championnat des sottises celui de la mort, parmi mes frères animaux ».

- La biche pria l'éléphant de lui rendre le service. Le mastodonte de lui répondre : « C'est vrai que je suis le plus gros des animaux, mais je ne suis pas prêt à mourir ».

- La biche supplia le lion de l'aider. Le roi de la brousse lui répondit : « Je suis le champion de la force physique des animaux de la forêt et non de la mort, tentez votre chance ailleurs ».

- La biche conjura le buffle qui lui dit : « Je suis proclamé le plus grand sorcier des animaux, c'est vrai ; mais je ne veux pas affronter Arè et de Badjou ».

Entre temps, le sanglier *(Nyon Yapiè Yun, djèlen diengué, ala ga'an nyèmen, sa bon tien nyilé sala = fils de Yapiè, armé de pioches émoussées, quelle que soit votre laideur, vous avez droit à l'héritage paternel)*, qui n'avait pas été convié à la concertation de tous les animaux, est venu les trouver en pleine réunion. Il les salua et dit : « Est-ce pour la paix ?, je vois tous les confrères de la brousse réunis ici ». On lui répondit : « C'est la paix seulement. La biche vient d'accoucher, elle a besoin de l'eau pour le bain de son nouveau-né, le faire boire et lui faire le lavement avant de continuer son chemin. Mais parmi, nous elle n'a trouvé personne qui soit brave pour aller lui puiser cette eau au Golo-Tyidja. Voilà le motif de notre assise ». Notre sanglier de répondre : « (Moi fils de Yapiè, armé de pioches émoussées, quelle que soit ma laideur, j'ai droit à l'héritage paternel, je sais que je suis laid, mais je n'ai pas hérité la peur et le manque de courage de mon père, à moins que je fasse le froussard. Donnez-moi une gourde ». D'un geste lourd, le voilà parti pour Golo-Tyidja.

Quand il arriva au marigot pour puiser, si Arè tire son arc, c'est du feu qui jaillit au bout de sa flèche. Si Badjou le vise, c'est le soleil qui gicle au bout de sa flèche. Narguant toutes ces menaces, le sanglier entra dans l'eau, la but, s'y baigna et remplit sa gourde pour s'en aller. Lorsqu'il voulut sortir du Golo-Tyidja, Arê proposa qu'on tire sur lui, Badjou dit non. Néanmoins Arê le flécha du côté gauche, de sa flèche en feu, et Badjou de sa flèche de soleil du côté droit. Feignant de n'être pas atteint, le sanglier apporta gaillardement la gourde d'eau à la biche. Ainsi elle lava son nouveau-né, le fit boire et fit son lavement. Elle déclara : « Je ne sais comment vous récompenser pour le grand service que vous venez de me rendre » Elle se mit à genoux devant le sanglier et vomit sur lui, la guitare qu'elle avait avalée, venant de Hâbla le djinn.

Quelques minutes après, le sanglier étant assis, commença à somnoler. La biche lui dit : « Hé ! Grand frère, les choses d'Arê et de Badjou ne vous ont-ils pas touché ? ». « Non ! Je n'en ai pas été atteint. Je suis saoul de l'effet du dolo que ma mère a préparé hier pour la vénération de son amba (dieu) ». Quelques instants encore, il somnola et faillit tomber. « Grand frère, les flèches d'Arê et de Badjou ne vous ont-ils pas pénétré ? », reprit la biche. « Non, ne vous en faites pas, c'est l'effet de l'hydromel que ma mère a préparé spécialement pour son dieu (amba). Une 3è fois, le phacochère s'écroula par terre. La biche l'appela par 3 fois, mais il ne put répondre, car il a rendu l'âme, suites aux séquelles des flèches des 2 frères, Arê et Badjou. La biche déclara : « Je ne peux vous rembourser votre bienfait, mais prenez cette guitare à deux cordes, c'est tout ce que j'ai ».Elle joua longtemps de la musique au chevet du sanglier en signe de remerciement, et jeta la guitare sur le cadavre, prit son bébé et disparut dans la forêt.

Arê et Badjou sortirent de l'eau à la recherche de leur proie qu'ils ont attaquée la veille, en suivant ses traces. Ils vinrent trouver le sanglier mort une guitare africaine à 2 cordes posée sur lui. Ils égorgèrent le sanglier et le dépecèrent. Mais lorsqu'ils voulurent emporter la viande à la maison et la guitare posée sur lui, ils deviennent aveugles. Quand ils l'enlèvent sur lui, ils voient clair. Après plusieurs essais, la viande du sanglier dit : « Si ma tête va chez vous, la guitare n'ira pas. Si la guitare va, ma chair n'ira pas à la maison ». Arê et Badjou abandonnèrent la viande du sanglier et retournèrent chez eux avec la guitare qu'ils remirent à leur Ogon disant : « Voilà quelque chose que nous avons ramassé en brousse ; nous ne savons pas ce que c'est ».

- Le Ogon la joua et dit : « Moi non plus, je ne connais pas cet instrument, mais, je l'appellerais (goundoun-goundoun) à cause de sa mélodie. Allez la montrer au Ogon des Peuls ».

- Lorsqu'ils partirent chez le Ogon des Peuls, ce dernier la joua et dit : « Je ne connais pas cet instrument, mais d'après le son qu'il produit, je le nommerai (goundoun-goundoun). Allez voir le Ogon des Dafing ».

- Ce dernier, après l'avoir jouée, dit : « J'ignore cette musique, mais je la baptiserais (goundoun-goundoun). Néanmoins continuez chez le Ogon des Samogo ».

- Arrivés au Samori, leur Ogon pinça les 2 cordes et dit : « Je ne connais pas cet instrument mais, je le nommerais (goundoun-goundoun), allez voir chez le Naba des Mossis ».

- Le Naba, après avoir pincé les 2 cordes, dit : « Je n'ai pas reconnu cet instrument, mais, je le dirais (goundoun-goundoun)».

Du retour du pays mossi, Arê et Badjou rencontrèrent l'ancêtre des Sègoun (Diawandô) : Belkô Sinden. Il prit la guitare, la tourna et retourna pour l'observer. Il alla couper le bois du *(gnoun-houn'nou)*, tailla la coque d'une autre guitare en imitant ses formes et ses dimensions. Comme il appréciait sa mélodie, il en fit un instrument de mendicité. C'est depuis ce temps que la guitare à 2 cordes passa entre les mains de Belkô Sinden, l'ancêtre des Diawandô qui, souvent, allait jouer à la cour du Ogon. Ce dernier jouant au ton alto, et Belkô Sinden le soprano.

Comme la vie a des bas et des hauts, un jour, le Ogon étant coincé économiquement, envoya la guitare africaine à 2 cordes en esclavage en la vendant. Quelques temps après, ayant eu des moyens, le Ogon alla affranchir sa guitare. L'instrument lui répondit : « Toi Ogon, le plus riche et le plus puissant du pays Dogon, tu n'as rien trouvé d'autre à vendre que moi. Alors, je préfère rester en esclave à la maison maternelle qu'en homme affranchi à la maison paternelle».

En guise de rançon, le Ogon lui offrit un cheval pour l'affranchir ; elle n'accepta pas.

Il lui proposa un bœuf, elle refusa.

Il lui offrit un âne qu'elle dédaigna.

Il donna un beau bélier, elle fit fi du mouton.

Il lui présenta un bouc qu'elle méprisa.

Il partit avec un chien, elle ne daigna même pas le regarder.

Il lui présenta des cauris qu'elle n'accepta pas.

Il prit un coq tout blanc, mais elle le refusa.

On vit vraiment que la guitare est décidée à ne plus rejoindre le Ogon.

Les femmes Tomon-dogon déclarèrent qu'elles ne sont pas d'accord pour que la guitare africaine à 2 cordes reste définitivement en esclavage. Douze jeunes filles Tomon se concertèrent et décidèrent d'aller la libérer de l'esclavage. Elles partirent ensemble prier la guitare de revenir chez le Ogon en lui présentant toutes ses excuses.

La 1ère / -Anda kanda Dègoubèrè, (*ciciji funagu, ôjô oré funa gwemen, cumajen kwa dama ; ciciji funa gwemen, kwa nonso, kwa yèso*) = (Chauve-souris en règles. Il est interdit à toute femelle en règles de s'approcher du canari-fétiche posé au fond de la case ; la chauve-souris en règles y boit et s'y baigne), s'est accroupie pour crier youyou en guise de prière, et s'assit à côté de la guitare.

La 2ème / -Wô Jon'onma Wéyen, (aa wulè Sali parè, jangu kèniyè, jangara kèniyè ; ali uban funu sali parè, jangu kèniyè, jangara kèniyè, é calagolo cijè nyi'ina, cala moèrima moèrinw ? = Lorsque je me pare bien, mon chéri aussi s'endimanche, et nous nous rencontrons sur l'aire de danse : que peut-on souhaiter de mieux ?), s'est accroupie devant elle pour crier youyou, afin de la prier ; et prit place près d'elle.

La 3ème / -Mendolo Arama Nyangaren, (Nyangaren uba yuju, Sali parè, janju kèniyè, jangara kèniyè, mendolo iaba lui yè, sa ubanni uanw. Ko iaba nonja, sa bola èbu parè, sa gonda duen yilé, gwé iaba lui yè, wo uban yèlè. Ya'awé yun-nyon wa Sali parima nyi'ina, sa uban ualo) = Bien mise dans toutes ses parures, elle alla au marché de Mendolo, mais elle n'a pas rencontré son amant. Le marché suivant, elle s'habilla de haillons, saupoudra sa tête de cendre et partit à la foire. Cette fois-ci elle rencontra son chéri. Elle se dit, le jour qu'on se pare bien, on ne rencontre pas son bien-aimé), s'est accroupie devant elle pour crier youyou afin de la supplier ; elle s'assit près d'elle.

La 4ème / -Amba Dumbu Yadenyé, (kugona yakerege, kugona ga'an kèlin, sa'atara inufuri, gujami dôlo = Une poule hardie. Quelque soit la hardiesse d'une poule, elle n'osera pas partager une chambre à coucher avec des jeunes gens), s'est accroupie devant la guitare pour crier youyou afin de la conjurer de revenir. Elle s'assit à côté d'elle.

La 5ème / -Kôbô Goulèma Yèlen, (kanfuru celu, jodo kwe ala uro, ya'ilen bôlô tongèlè ba'an, sali yè sala = Il vaut mieux avoir peu de condiment dans sa sauce, que de ne rien en avoir du tout. Celui qui trouve que les fesses d'une jeune fille sont trop froides, n'est qu'un impuissant), s'est accroupie devant elle pour crier youyou afin de l'inviter à revenir. Elle prit place auprès d'elle.

La 6ème / -Tyi Tyorobo Sôgucè, (Sôgucè uba yuju, â a ubanyè pandu kwè luulen hinna dennji togo jele = On ne fera jamais les cérémonies de vos funérailles dans la même matinée que celles de votre bien aimé), s'est accroupie devant elle pour crier youyou afin de l'exciter à revenir. Celle-ci aussi s'assit près de la guitare.

La 7ème / -Kugojege Yaborkô, (aa wili biennè biendo men, bôlô pangay, bôlô pangalo men, wo amba cenjè iye kô, wo amba cenjè iye kôlô men, sa'atara sôô nan'ni = Si un beau matin une femme se met à faire de l'orgueil, soit elle compte sur ses fesses, soit c'est le jour du lolo de son sacrifice, soit elle est la mère de 7 jeunes hommes), s'est accroupie pour crier youyou et l'a invitée à retourner. Elle s'assit à côté d'elle.

La 8ème / -Boulé Yassigassin,(mièji en ôjô, en cianda ôjô yassa men, Tomon nyonwé funa gwé men, ko donwa den#i bialé = Heureusement que le sol n'a pas de pénis , sinon où allaient s'asseoir nos femmes en règles ?)1, s'est accroupie devant elle pour crier youyou afin de la conjurer de revenir. Elle prit également place à côté de la guitare.

La 9ème / -Kou cara Yatandou, (naforo kuntugu, numa olo bonnon ka , bakwelo tuenbé jélé = Yatandou à grande richesse, elle ne peut en donner gratis à qui que ce soit, mais, est obligée de supporter sa perte inutilement), s'est accroupie devant elle pour crier youyou afin de solliciter son retour. Elle prit place auprès d'elle.

La 10ème / -Tyissôgou Djula Eliyèlè, (iaba tala ansundo, nan onbon mien kula) = Il n'y a que les généreux qui assaisonnent le repas public du marché), s'est accroupie à son tour pour crier youyou devant elle, et s'assit.

La 11ème / -Djinaban Badjira, (bon furi bindi kulè, yun furi bindi kulè, dwègiya lo (jiri'onji), numu uro ba'an, enjè numu iye numen wo bièra yalan kandoy = Elle a pris grossesse, et avec le père, et avec le fils ; celui qui dit : plutôt la mort que la honte, c'est que la mort ne s'est pas encore présentée devant lui), s'est accroupie devant elle pour crier youyou, et prit place auprès des autres.

La 12ème / -Kombéré Yaban-na, (an wa golokan yiyè, nyon wa golokan yiyè, nyon wa sa dungu anlo torè, wo alajélen wili men, nyonwe wa, wo yalaga yalé kwé, ankwa na kikalan'ni ; bala nyon wé kuma jambaso. Wo alajelen wulon men, nyon wewa wo yalaga yalé kwé, an kwa sali sala) = L'homme va au marigot, la femme va au marigot. Si la femme montre sa nudité à l'homme, et que son sexe se met en érection, elle va dire aux autres femmes : que personne n'aille vers cet homme, car c'est un obsédé sexuel ; il est capable de violer les femmes en brousse. Si son pénis ne se mettait pas en érection, elle dira aux autres femmes : qu'aucune n'aille se marier à cet homme, car il est impuissant), s'est accroupie également pour crier youyou afin de supplier la guitare de revenir. Elle s'assit aussi près de ses 11 consœurs.

Finalement la guitare africaine à 2 cordes revint sur sa décision pour suivre ces 12 jeunes filles, qui vinrent la déposer chez leur maman. C'est depuis ce temps-là que la guitare est devenue l'instrument de musique pour courtiser les jeunes filles au pays Tomon-dogon. Les jeunes guitaristes la portent pour aller dans la cour des mamans des jeunes filles. Ils la grincent afin d'attirer les jouvencelles vers eux. Charmée par la mélodie, la fille sort de la case, étale une natte aux jeunes guitaristes pour causer amoureusement ensemble. C'est ainsi que la guitare à 2 cordes devint un instrument de courtisan.

Sinon, jadis il était interdit de jouer de la guitare hors de la cour du Ogon, à moins que vous soyez Sègoun, Diawandô dont l'ancêtre Belko Sinden qui la jouait comme soprano avec le Ogon, puis en fit un objet pour flatter les gens afin de leur soutirer quelque chose.

- Jadis, les femmes Dogon Tomon, une fois en règles, s'asseyaient à même le sol en soulevant leur pagne, signe, qu'elles sont impures.

2. LA VENERATION DES ANCETRES DE LA GUITARE

Pour préparer le repas destiné à la vénération de ses ancêtres, la guitare, africaine à 2 cordes, on doit :

1 Puiser l'eau du plus minable des marigots,

2 Chercher le bois du plus minable des arbres,

3 Appeler le plus vaut-rien des hommes,

4 Inviter la plus minable des femmes,

5 Et prendre les grains les plus minables des céréales.

1/ Le dernier des marigots s'appelle : Niondo-Kounèdji. Il se trouve à Niondo, (petit village de la Commune Rurale de Ségué de Bankass, Région Mopti Mali). Placé entre deux rochers plats, il ne tarit pas quelle que soit la saison, mais vous ne trouverez pas plus de 2 litres d'eau dans cette source. Il n'est ni un marigot, ni une piscine et ne peut pas étancher la soif de trois jeunes débardeurs assoiffés. Pourtant Niondo-Kounèdji contient de l'eau 12 mois sur 12.

2/ Le dernier des arbres est le « balagotyi'ila », le sterculia setigera, un arbre à tronc fibreux, qui n'a ni bois ni fibre avec laquelle on puisse faire une cordelette ; ses feuilles et ses fruits ne sont d'aucune utilité.

3/ Le dernier des hommes appelé Andjassi, est ce jeune qui, à sa jeunesse, a épousé trois jeunes demoiselles ; ne pouvant les entretenir, il a divorcé toutes les trois et s'est retrouvé célibataire. Comme il ne vaut rien, ne pouvant rester dans la famille paternelle, il est parti habiter chez ses oncles maternels pour cultiver avec eux en s'y assimilant.

4/ La dernière des femmes nommée N'Tèguima, est cette bonne dame qui a sept enfants de pères différents : une maman, 7 enfants, 7 papas.

5/ La dernière des céréales, est ce mil (dans le champ), à grosse tige élancée, mais à épi rabougri ne contenant presque pas de grains.

Mme N'Tèguima va puiser l'eau de Niondo-Kounèdji, piler les fameux épis pour séparer les balles des grains avec lesquels elle fera du couscous grossier et de la crème. M. Andjassi ira chercher le bois du sterculia setigera pour cette cuisine. Une fois le repas prêt, M. Andjassi sert de sacrificateur. Il jette une miette de tartine du couscous et verse la crème sur la tombe de l'ancêtre de la guitare à 2 cordes en disant : Aïeux, voici votre nourriture annuelle. Tournez nos mains, tournez nos pieds. Donnez-nous une santé de pintade et de perdrix. Donnez-nous une mélodie angélique et une bonne renommée afin que nous puissions bien amuser et bien flatter tous ceux qui nous écoutent.

3. OSSÖGOU-PASSOUN

Il était une fois un homme nommé Passoum du village de Ossôgou ; on l'appelait communément : Ossôgou-Passoum. (Ossôgou est un très ancien village dont le site se trouve encore entre Pissa et Bogodou dans la Commune Rurale de Koundogo au sud de Bankass Région Mopti MALI).

Passoum lia amitié avec le Bon Dieu et lui demanda de ne pas le tuer au nom de leur sincère amitié.

Le Bon Dieu : « Demande-moi tout ce que tu veux, je te l'accorderai, mais je tue toute créature ».

Passoum : « En tant qu'Ami, ne pourrais-tu pas m'accorder cette dérogation ? »

Dieu : « Non ! Dis-moi seulement ce que tu préfères en ce monde »

Passoum : « Ce que je voudrais, est de posséder 100 femmes. Ainsi la nuit où je passerai sans coucher avec l'une d'entre elles, ce jour là, il faudra reprendre ma vie ».

Son Ami lui accorda ce privilège.

Ils vécurent ainsi en bons amis durant des années et des années. Comme toute chose a une fin, vint le terme de la vie de Passoum. Ce jour là, 50 de ses femmes allèrent loin du village, pour les cérémonies de funérailles de leur Ogon. 25 de ses épouses accouchèrent ce même jour, et 25 autres tombèrent en règles à la même période. Or, les menstrues et les lochies sont les totems d'Ossôgou Passoum. Ce jour-là notre obsédé sexuel passa la nuit à la belle étoile, sans femmes. Le lendemain, Dieu lui envoya un ange lui demander comment il a passé la nuit ?

Passoum : « A vrai dire, je n'ai pas connu de femmes hier nuit »,

L'ange : « Et alors ? Te souviens-tu de ta déclaration à propos de ta mort ? »

Passoum : « Oui mais, si le Créateur ne peut pas s'abstenir de me tuer, je Le prie de m'accorder 3 ans, au nom de notre amitié »

Il obtient de Dieu son Ami cette doléance.

Les 3 ans passèrent comme trois jours aux yeux de notre bonhomme. Et notre ange revint rappeler à Passoum, que la date est venue de quitter ce monde. Notre mondain lui dit

Passoum : « Va dire à mon Ami, de m'offrir encore 3 mois de survie ».

L'ange : « Pas de problème »,

Trois mois ne durèrent pas autant que 3 heures pour Passoum. A la date sollicitée, l'infatigable ange se présenta à Passoum pour lui demander si l'heure n'était pas venue?

Passoum : « C'est vrai mais, que sa Majesté ne se mette pas en colère, je Le supplie une dernière fois de m'accorder 3 jours afin que j'aille à Yélé, faire dans mon village maternel, la fête traditionnelle de Boulé »,

Toujours miséricordieux, cette sollicitation fut acceptée par son Ami.

Passoum quitta Ossôgou pour Yélé. En cours de route, il vit une coquille d'un œuf de pintade dans un buisson, s'y introduisit et s'y coucha. Un varan de passage, vit la coquille et l'avala. Puis parvint un boa qui, à son tour, ingurgita le varan et alla plonger dans un fleuve.

Au terme des trois jours, l'ange revint à Ossôgou, mais ne trouva point Passoum. On lui dit qu'il est à Yélé, dans son village maternel. Le messager continua sur Yélé et ne trouva pas l'ami de Dieu. Il revint dire au Créateur que Passoum reste introuvable aux recherches.

Le Bon Dieu lui répondit : « Va au bord du fleuve et appelle le boa, mon ami est dans son ventre ».

L'envoyé divin suivit la consigne de son maître et debout au bord de la rivière, il salua. C'est le boa qui lui répondit

L'ange : « Je viens chercher notre trésor qui est dans votre ventre »

Le gros serpent a beau crier, on l'éventra et y trouva une gueule-tapée. On ouvrit l'abdomen du reptile et voilà Monsieur Passoum camouflé dans une vieille coquille de pintade.

L'ange le ramena à la maison et lui demanda : « Les trois jours ne sont-ils pas arrivés ? ».

Passoum : « Si mon ami ne veut vraiment pas m'épargner de la mort, je me rends à Lui »

C'est, ce jour-là, que prit fin le séjour terrestre d'Ossôgou-Passoum, malgré ses 100 épouses.

MORALITE :

Personne n'échappe à la mort malgré sa puissance, sa richesse, ou sa ruse.

4. GOULEMA-ANTANDOU

Il était une fois un bonhomme appelé Goulêma-Antandou. Un flemmard qui passait son temps assis au bord du marigot de Kôbô nommé Soubo,(Kôbô village et Soubo marigot, tous deux se trouvent dans la Commune Rurale de Ségué, Cercle de Bankass Mopti MALI). Il ne s'occupe de rien sinon que de s'asseoir devant le Soubo à longueur de journée. Lorsqu'il a faim, il va manger et revient se rasseoir. C'est là, toute l'occupation quotidienne de sa vie.

Un jour qu'il était assis, survint une belle demoiselle du nom de Tyorobo-Yatandou qui le salua et lui demanda à boire.

Goulèma-Antandou lui demanda : Où t'en vas-tu ?

Tyorobo-Yatandou : Je suis à la recherche d'un époux, car je voudrais me marier.

Goulèma-Antandou : Ce n'est pas la peine d'aller plus loin, puisque moi Goulèma-Antandou, Je suis célibataire.

Tyorobo-Yatandou. : Et bien !, il faut me prendre pour femme.

Aussitôt dit, aussitôt fait. Le mariage étant un consentement entre deux personnes de sexes opposés, Goulèma-Antandou emmena Tyorobo-Yatandou à sa case pour épouse. Il informa ses parents pour leur dire qu'il a une nouvelle femme. Le soir, comme il est de coutume, chaque famille apporta un petit plat à l'étrangère, et qui leur servit de dîner. Le lendemain très tôt, Antandou sortit se rasseoir à sa place habituelle, sans offrir de petit déjeuner à la nouvelle mariée. Jusqu'à midi Goulèma ne vint pas à la maison. Yatandou envoya un enfant l'appeler. Lorsqu'il vint :

Goulèma-Antandou lui demanda : Qu'est-ce qu'il y a ?

Tyorobo-Yatandou : Mais chez vous, l'étrangère ne mange ni, ne boit ?.

Goulèma-Antandou : Eh bien !, tu m'as vu devant le marigot, si tu veux venir t'asseoir avec moi devant le Soubo, tu es libre ; sinon moi, je n'ai rien, je ne fais que passer mon temps devant le Soubo.

Tyorobo-Yatandou : Si c'en est ainsi, je continue mon chemin.

Les parents de Goulèma refusèrent à ce que cette belle dame leur échappe. Il faut faire parler la solidarité agissante, l'hospitalité africaine, l'entraide du village, pour trouver une solution heureuse pour annuler son départ. Le village s'organisa pour leur amener un plat à tour de rôle jusqu'au 7è jour, date de fin de la lune de miel, au pays tomon-dogon.

Tyorobo-Yatandou : Si mon départ est annulé, donne-moi un panier et une calebasse afin que j'aille glaner du mil dans l'aire de battage de mil.

Goulèma-Antandou : Je n'ai ni panier, ni calebasse ; et je n'ai pas les moyens de me les procurer.

Yatandou alla emprunter paniers et calebasses chez les voisines et demanda à Antandou de lui montrer une aire de battage de, mil.

Goulèma-Antandou : Je n'ai jamais été en brousse, à plus forte raison connaître de tels lieux.

Un enfant conduisit la jeune mariée à une grande aire non loin du village. Elle y passa toute la journée à glaner et elle eut 3 paniers de grains. Revenue à la maison, elle les tria et mit les grosses graines comme semence dans une cruche en attendant l'hivernage. Avec le reste du mil, chaque fois qu'elle préparait un repas, elle amenait un plat à son mari Goulèma, le fidèle gardien du marigot Soubo.

Un beau jour, il tomba une grosse averse, annonçant le début de la saison pluvieuse. Tout le village alla semer son champ. Yatandou prépara le déjeuner et partit trouver son mari au bord du marigot Soubo et lui dit :

Tyorobo-Yatandou : C'est la première pluie. Tout le monde est parti semer son champ, qu'en dis-tu ?

Goulèma-Antandou répondit : Moi, je n'ai pas de champ. Tu m'as trouvé ici, c'est le marigot Soubo qui est mon champ.

Tyorobo-Yatandou : Eh bien ! Va demander un petit terrain à tes frères afin que nous ayons une parcelle qui nous soit propre.

Goulèma-Antandou : Je ne sais à qui en demander.

La femme partit raconter la scène aux frères d'Antandou qui montrèrent une parcelle à leur nouvelle mariée. Yatandou revint trouver Goulèma ; à deux, ils allèrent visiter le champ.

« C'est demain que nous viendrons l'ensemencer », se dirent-ils.

Le lendemain, Goulèma-Antandou se leva tôt, vida le contenu de la cruche dans son sac en peau de bouc, et prit la route du champ. En cours de route, il se mit à manger la semence. Lorsqu'il arriva à destination, il n'en resta qu'une infime quantité, juste pour semer un poquet.

Quand sa femme Yatandou lui apporta le repas de midi, elle le trouva en train de faire un enclos.

Tyorobo-Yatandou : Que fais-tu là mon chéri ?

Goulèma-Antandou : En venant au champ, j'avais l'estomac au talon, si bien que j'ai mangé toute la semence en cours de route. Il ne me restait que pour un seul poquet que j'ai semé. Je suis en train de le protéger par un petit enclos afin de le préserver contre les oiseaux déprédateurs.

Après avoir déjeuné, le couple revint au village, faute de semences; puis, notre flemmard continua son chemin au bord du Soubo.

Lorsque tout le monde commença à labourer son champ, M. Antandou allait chaque matin, soit pour désherber, soit pour démarier le poquet, soit pour y mettre du fumier, soit pour biner le sol autour du seul pied de mil. Il y avait toujours quelque chose à faire et revenait se rasseoir au bord de son marigot, jusqu'au jour de la récolte. Il entretint tellement son lopin que, c'est une seule tige qui a grandi, et porta un joli épi bien mûr.

Lorsque tout le monde débuta les récoltes, Goulèma aussi emprunta une pioche pour dessoucher son pied de mil afin de couper l'épi. Chaque fois qu'il coupait le seul épi sur la tige, un autre en surgissait ; chaque fois qu'il en coupait, un autre en bourgeonnait, à tel point que Goulèma-Antandou en fit 7 gros tas d'épis de mil ronds de 7m de rayon et 7m de hauteur. Tyorobo-Yatandou, fatiguée de transporter tous ces tas de mil, brisa la mystérieuse tige en la piétinant, et elle ne donna plus d'épis.

Son mari, fâché, lui administra des bastonnades avec le morceau de tige brisée, et elle déféqua des cauris (monnaie de l'époque). Voyant que son geste de colère était lucratif, Antandou la frappa de 70 coups de ce diabolique morceau de tige. A chaque coup, elle déféquait 7 grands paniers de cauris. Ainsi notre fainéant emmagasina des dizaines de greniers de mil et amassa des millions de cauris, monnaie de l'époque.

Yatandou se dit : « Si en me chicotant je fais des cauris, je préfère enrichir mes parents » Elle abandonna son foyer conjugal pour aller trouver ses frères et leur dire : « Si vous me battez, je vais déféquer des cauris ». Ses frères prirent de longs gourdins, et l'un d'eux lui administra un sérieux coup à ses fesses charnues. Elle s'écroula par terre. Un autre l'assomma aux reins. Ce fut le coup de grâce, mais point de cauris. Ainsi finit la vie de Tyorobo-Yatandou. On l'inhuma avec tous les rites dus à une femme chauvine.

MORALITE :
Nos ancêtres, en fins observateurs, ont remarqué que les femmes en général veulent faire profiter leurs biens, plus à leurs parents qu'à leur mari.

mystérieuse tige et la [illegible], et elle ne donna plus d'émoi [illegible]

Son mari, fâché, lui administra des bastonnades avec le [illegible] de [illegible] et elle déborda des cauris (monnaie de l'époque). Voyant que son geste de [illegible] était [illegible], Amadou se [illegible] [illegible] [illegible] [illegible] [illegible] elle déféquait d'grands paniers de cauris. Ainsi notre [illegible] emmagasina des dizaines de greniers de [illegible] et amassa des millions de cauris, monnaie de l'époque.

[illegible]

5. ANTENDIN SODJOUGA ET YELEN SODJOUGA

Jadis un jeune du nom d'Antendin-Sôdjouga ne voulut pas se marier à n'importe quelle jeune fille, comme il est de coutume dans sa région où ce sont les parents qui choisissent la femme de leurs fils. « Moi, dit-il à ses parents, je ne veux me marier qu'avec une jeune fille maligne, discrète, intuitive et patiente, ayant du bon sens. Il demanda la route à son père pour aller à la recherche d'une épouse ayant ces qualités »

En cours de route, il vit une grande famille en train de labourer son champ. Il la salua, accrocha ses bagages à un arbre et se mit à cultiver. A l'arrivée du déjeuner pour les laboureurs, on le servit à part sous son arbre où il a pris asile. Il mangea le repas, déféqua dans le plat et urina dans la saucière. A la descente du travail vers 17 heures, une jeune fille partit prendre les plats, s'aperçut que leurs ustensiles sont pleins d'excréments. « Quel jeune homme dégueulasse ! Dégoûtant ! Qui se soulage dans son plat ? », déclara la jouvencelle.

N'ayant pas trouvé la fille discrète qu'il cherchait, Antendin continua son chemin, tomba sur une autre famille le lendemain. Il salua les gens et se mit à cultiver auprès d'eux, après avoir accroché ses affaires à un arbre. Lorsqu'on lui amena à manger à midi, après avoir déjeuné, il chia de nouveau dans son assiette et urina dans le bol qui contenait la sauce. Après les travaux, la jeune fille qui alla prendre la vaisselle, la trouva remplie d'excréments, couverte d'une nuée de mouches. Elle n'a pas pu se contenir et dit : « Tu n'as pas honte ! Jeune étranger ? Moi je ne touche pas à cette saleté ».

Là encore, Antendin ne trouva pas ce qu'il désirait. Il a dû faire le tour de plus de six familles avant de tomber sur une septième grande famille. Celle-là aussi, était en train de cultiver son champ. Il s'en alla sous un arbre et recommença son scénario habituel. Le petit soir, quand une jeune fille vint prendre le plat et la saucière, elle les trouva remplis d'excréments humains. Discrètement, elle vida les vases, les lava proprement pour les amener au village. Le lendemain c'est la même chose ; le surlendemain pareil. Antendin Sôdjouga fit ses bêtises trois jours de suite. Comme la fille ne le dévoilait pas, il cessa de déféquer dans les plats et passa le reste de l'hivernage dans cette famille. A la fin de la récolte, le chef de famille demanda : « Mon jeune homme, que cherchez-vous ? Depuis votre arrivée vous n'avez rien dit et vous travaillez bénévolement sans être rémunéré » « Je voudrais que vous m'accordiez la main d'une de votre fille nommée Yèlen Sôdjouga ». « Ce n'est pas un problème. Tout le travail que vous avez effectué depuis votre arrivée, servira de dote ; allez vous préparer pour le mariage ».

Antendin retourna au village auprès de son père pour lui narrer qu'il a trouvé une jeune fille de son goût afin qu'il allât demander la main de Yèlen Sôdjouga à ses parents.

Le père d'Antendin-Sôdjouga ne se fit pas prier deux fois. Dès le lendemain matin, il prit son bâton de pèlerin, chargé d'une écuelle de mil et vingt cauris pour aller déposer la candidature des fiançailles selon la coutume, dans le village de Yèlen, non loin de là.

Quand la Providence est avec vous, tout est facile. Après deux ou trois visites chez les futurs beaux parents, les accords sont conclus et l'on procéda au mariage.

Quelques jours après l'arrivée de Yèlen-Sôdjouga chez Antendin-Sôdjouga ; le beau père voulut tester l'intelligence de sa bru. Un beau matin, notre septuagénaire envoya son « tokolo » : (calebasse des vieux avec long manche, parfois recourbé, réservée uniquement pour boire), rempli d'eau dans laquelle il a délayé la boue. La bru lava proprement le « tokolo », le remplit du dolo (bière de mil) dans lequel elle a délayé du miel et renvoya la calebasse à son beau-père. Quand le vieillard reçut son gobelet, il dit : « Vraiment, elle a su deviner ce que j'ai voulu qu'elle fasse : l'eau représentait le dolo et la boue, du miel. C'est du dolo miellé que je lui demandais. Le beau- père ne se contenta pas de la seule épreuve. Quelques temps après il remplit son écuelle à manger, de sable blanc sur lequel il déposa des débris de bois pour envoyer à sa belle-fille. Yèlen-Sôdjouga reçut l'écuelle, versa son contenu, la lava proprement, prépara un bon plat de riz sur lequel elle déposa du poisson bien cuit. Elle renvoya l'écuelle toute fumante à son beau-père. Ce dernier dit : « A vrai dire mon fils a bien choisi son épouse. J'avais désiré d'elle un plat de riz avec du poisson : le sable blanc c'était du riz et les copaux, du poisson.

Ils vécurent ainsi pacifiquement ensemble pendant un certain temps. Un jour Antendin alla défricher un nouveau champ en brousse. Il fut surpris par un groupe de bandits qui l'attacha avec une chaîne au cou dont le bout fut lié à une branche d'arbre. Pendant ces mouvements brutaux de défenses, Antendin fut blessé et son nez saigna.

Quand les ravisseurs voulurent l'amener captif, il dit à leur chef : « Si vous pouvez envoyer quelqu'un à la maison, j'ai une cruche remplie de cauris. Allez la prendre chez ma femme. Comme signe, dites lui, qu'il y a dans l'antichambre une longue corde venant du plafond de la case, et qui est attachée au col de la cruche. Cette dernière est bouchée par un chiffon rouge. Prenez- la pour me l'amener »

Quand l'envoyé décrivit la position de la cruche à Yèlen-Sôdjouga, elle alla voir son beau-père pour lui dire : « Mon mari vient de m'envoyer un message. IL dit qu'il est pris par des bandits, attaché à une branche d'un arbre par une corde liée à son cou. La cruche bouchée par un chiffon rouge veut dire qu'il a saigné du nez. Donc, alertez le village afin qu'on le libérât le plus rapidement possible. En un clin d'œil, tous les jeunes du village se rassemblèrent et mirent à mort le messager d'abord, avant de continuer en brousse afin de libérer Antendin. Dès que les agresseurs aperçurent une foule qui venait vers eux, ils prirent leurs jambes au cou sans se préoccuper de leur captif. Ainsi fut libéré Antendin-Sôdjouga grâce à l'intelligence, à l'intuition et au bon sens de son épouse Yèlen-Sôdjouga.

Depuis lors les jeunes amoureux n'ont plus trouvé des conjointes qui n'aient que des qualités.

6. ERE-AMBATIEGUE

Il était une fois, un homme qui n'avait ni père, ni mère, ni femme, ni enfants. Il était dépourvu de tout, disons un pauvre hère. Il était un saint, mais les gens l'ignoraient.

Il y eut une sérieuse famine dans la contrée. Ayant utilisé toutes ses réserves de subsistance, il ne pouvait plus tenir. Ainsi il prit sa calebasse de mendiant et sortit dans le village pour demander aumône, de porte en porte. Toute la matinée il n'obtint que deux tartines de to. Quand il s'assit pour les manger, une chienne affamée qui vient de mettre bas, vint s'asseoir auprès de lui en reniflant. Le pauvre homme se dit : « Si on ne donne pas, on n'en reçoit pas ; on va se les partager ». Il jeta une tartine devant la chienne et mangea l'autre. Erè-Ambatiégué sortit encore quémander le repas du soir et n'eut que du couscous. Lorsqu'il voulut le manger, la chienne se présenta encore. Il lui donna une poignée et consomma le reste. Le lendemain, et le surlendemain même scène. Durant 7 jours de suite, la chienne a pu allaiter ses chiots grâce à la générosité d'Ambatiégué.

Le soir du septième jour, après avoir dégusté sa tartine, la chienne lui parla en ces termes : « Erê, vous avez consenti de partager votre maigre ration quotidienne avec moi et mes petits, nous avons pu subsister à la famine grâce à vous, sinon nous allions tous périr. En guise de récompense, le don que je puis vous offrir, est de comprendre le langage de tous les animaux sans exception. Mais ne le faites pas savoir aux hommes, sinon ça ne sera bon ni pour vous, ni pour moi. Par contre, si vous gardez le secret, il vous sera un porte-bonheur ». Elle partit pour ne plus revenir.

Quelques temps après, un boucher avait acheté une vieille vache maigre chez un Peul. Lorsqu'il l'amenait à l'abattoir, la vache beugla par trois fois et notre pauvre hère comprit son langage. Voici ce que disait le ruminant : « Voilà que le boucher va me tuer, si quelqu'un me sauvait de ce supplice, je sais là où sont enterrées 7 jarres remplies d'or, je vais les lui montrer ». Ère-Ambatiégué se précipita pour rencontrer le boucher pour se proposer comme acquéreur de cette vache. Le boucher dit : « Je cherche un bénéfice en abattant cet animal. Si vous pouvez ajouter mon bénéfice sur le prix de revient de la vache, je vous la cède sur le champ ». Ses compagnons lui répliquèrent : « Cet homme est pauvre comme Job. Il est obligé de quémander son pain quotidien, le jour qu'il n'a rien eu, il dîne avec les anges ; il ne faut pas la lui vendre ». Le boucher leur répondit : « Donnez-moi une date, si au bout du délai je n'ai pas pu payer la somme, abattez votre bovidé ». Ils acceptèrent le principe et lui donnèrent 15 jours pour s'exécuter. Ambatiégué prit la corde de la vache et alla l'attacher chez lui. Il partit chercher du bon foin pour sa vache et l'abreuva. En pleine nuit, la vache beugla comme ceci : « Levez-vous sauveur ! Je vais vous montrer l'endroit du trésor ». Erè se réveilla, la détacha et la suivit. Ils allèrent ensemble au site d'un vieux village ; là la vache gratta de sa patte de droite, un endroit dans le sol et meugla. Le pauvre homme remarqua bien le lieu et ramena l'animal au village, puis repartit creuser l'endroit, et y trouva effectivement une jarre remplie de lingots d'or. Il vida son contenu pour l'amener à la maison. Il y retourna, creusa un deuxième trou et trouva une 2ème Jarre remplie. Ainsi de suite, il amena le contenu des 7 jarres chez lui. Ensuite il prit un lingot pour vendre. Avec cette recette il paya le prix de la vache et garda le reste de la somme. En vendant quelques grammes, il devint l'un des plus riches du village.

C'est ainsi que le chef du village lui donna sa fille qu'il maria. Ensuite, le commerçant lui céda la main de sa fille. En fin L'Imam lui offrit sa fille cadette. Etant nanti, il maria toutes les trois jeunes filles avec pompe.

Un beau matin, après avoir passé la nuit avec la fille du chef, pendant qu'il était accoudé à son coussin moelleux dans un somptueux lit, deux souris : mâle et femelle se pourchassèrent dans la maison et il a ri. Alors son épouse trouve qu'il est en train de rire d'elle. Elle exige de son mari des explications, de dire ce qu'il y a de risible en elle, sous peine de le traduire devant le chef, son père. Comme notre gars comprenait le langage des souris, c'est leur conversation qui le faisait rigoler, mais il ne pouvait le dévoiler, car voici ce que se disaient ces rongeurs : « Le mâle dit qu'il veut s'unir avec la femelle, celle-ci refuse, prétextant : « La première fois , j'étais en règles, on s'est accouplé et j'ai accouché d'un dragon ; la deuxième fois, au moment de ma menstruation tu as couché avec moi, j'ai mis bas un monstre ; une troisième fois au cours de mes menstrues, tu m'as violée et j'ai mis au monde des siamois-mongoliens. Cette fois-ci encore je suis en règles, je refuse l'accouplement d'aujourd'hui, je refuse, je refuse ». L'homme comprenait tout cela, mais ne pouvait pas dévoiler son secret. Or le chef le menace de mort s'il ne dit pas pourquoi il rit de sa fille. La nouvelle se propagea dans tout le village, qu'Erɛ doit être exécuté. Alors Ambatiégué dit : « Avant de me tuer laissez-moi faire mon dernier sacrifice pour quitter ce monde ». Sa requête fut acceptée auprès du chef. Ainsi il organisa un grand festin au cours duquel il tua un gros bélier pour préparer toutes sortes de mets. Hommes et bêtes, tous y étaient conviés. Il enleva la part des moutons, celle des chèvres, des ânes, des bœufs, des chevaux, des chiens—etc.-. Après ce repas copieux, chaque groupe de bêtes vint lui prodiguer toutes sortes de bénédictions : « Lorsque vous irez dans l'au-delà, que la terre vous soit légère, que votre âme repose en paix, que Dieu vous accueille dans son paradis ».

Quand le groupe des chiens s'approcha de lui avec un grand aboiement : ouah ! Ouah ! Ouah ! Dans le brouhaha, la chienne qui lui avait donné le secret dit : « Comme tu as pu tenir jusqu'à présent, si tu disais, qui ne me connaît pas dans le village ? Jadis je n'avais ni père, ni mère, ni femme, ni biens et je mendiais ; le jour que ne je trouvais rien pour manger, je passais la nuit à jeun. Me voilà aujourd'hui le plus nanti du village et mari de trois femmes dont la propre fille du chef de village avec laquelle j'ai passé la nuit. Je ruminais tout cela, c'est ce qui m'a fait rire. Si tu disais ainsi, n'est-ce pas un argument valable ? ». Tous les autres chiens l'approuvèrent en chœur : C'est juste ! C'est juste !ouah ! Ouah ! Et tout le groupe se dispersa.

Le lendemain matin, le chef convoqua une grande assemblée pour exécuter son gendre, s'il n'arrivait pas à expliquer le motif de son rire. Lorsqu'on lui donna la parole, il déclara : « Parmi vous qui m'ignore ? J'étais un pauvre hère. La vie change, me voilà maintenant époux de la fille du chef, de l'Imam et du grand commerçant.

J'ai comparé ma condition antérieure à celle d'aujourd'hui, dire que j'ai passé la nuit avec la fille du chef, vraiment, La Providence est capable de tout ; c'est cela qui m'a fait rire. Sinon je n'ai rien contre la fille du chef ». L'assemblée déclara qu'il a raison. Sur ce, le chef acquitta son gendre qui rejoignit gaillardement sa maison.

MORALITE :
Le bienfait n'est jamais perdu.
La vie n'est que changement. Le pauvre peut devenir riche, et vice versa.

7. PATOUMA – NENE BOKARI

Jadis vivait un malheureux homme, un malchanceux nommé Patouma-Nènè Bôkèri.

Quand il semait du mil dans son champ, c'est de l'herbe qui poussait dans les poquets, quelle que soit la céréale qu'il mettait en terre. Il prenait soin de ces herbes, et à la maturité, il les fauchait et allait les vendre comme foin aux éleveurs ou comme chaume pour la toiture des cases. Avec ce revenu il achetait du grain pour nourrir cahin-caha sa famille.

Un jour, la Providence ayant pitié, lui envoya le bonheur par un ange déguisé en Talibé lui demandant aumône, pendant qu'il labourait son fameux champ. Il répondit au mendiant : « Je n'ai rien, lorsque ma mère Patouma m'apportera à manger, nous partagerons le repas ensemble et après vous continuerez votre chemin. Le mendiant s'assit dans le champ, attendant la maman. Lorsque Patouma arriva avec le repas, Bôkèri invita son hôte pour le déjeuner ; celui-ci s'approcha et Patouma-Nènɛ Bôkèri lui donna une tartine. L'ange la prit et alla l'enterrer sous un buisson et revint lui en demander encore. Bôkèri lui en donna une deuxième fois. Le Talibé alla l'enterrer encore dans un trou et revint en quémander. Lorsque Bôkèri voulut offrir une 3è tartine de tô, sa mère Patouma s'opposa. « Nous n'avons jamais récolté de mil ; c'est de l'herbe que nous vendons afin de pouvoir acheter du mil. Et ce Talibé, au lieu de manger, va enterrer dans un buisson, le peu de nourriture que nous obtenons. Je ne suis pas d'accord », déclara sa maman. Lorsque Bôkèri finit de déjeuner, il tira 2 à 3 bouffées de sa pipe et sortit de l'ombre pour reprendre son labour. Entre temps le Talibé l'interpella et lui dit : « Patouma-Nènè Bôkèri ! Dieu m'a envoyé avec beaucoup de bonheur pour soulager votre peine, mais votre mère l'a gâté. Je vous apprends que votre avenir, votre bonheur n'est pas dans l'agriculture, mais dans les pièges. Allez chercher les matériaux pour construire des pièges. C'est en cela que vous serez riche et heureux ».

Bôkèri confectionna un bon piège qu'il déposa en brousse. Le lendemain quand il partit le voir, c'est un ''tientiama'' (un serpent venimeux) qui était pris dans le piège. Pris de peur, il voulut retourner au village. Le reptile lui dit : « Il faut m'emmener chez vous ; je suis venu pour votre bonheur et non pour votre malheur. Arrivé à la maison, il suffit de me mettre sous un tas de sable. Tu sais que je suis un serpent de sable, c'est là ma demeure habituelle ». Il l'emmena et le garda dans un coin de la case. Le surlendemain il alla voir son piège et y trouva un singe. Lorsqu'il voulut retourner sur ses pas, le primate lui dit : « Emmenez-moi chez vous. Je viens plutôt pour votre bonheur que votre malheur. Attachez-moi en haut, à une branche d'un arbre planté au milieu de votre concession, ainsi je me retrouverai dans mes éléments ». Il s'exécuta. Le troisième jour, il partit voir son traquenard et y trouva une tortue. Pris de pitié, il la libera. Quand Patouma-Nènè voulut partir, la tortue lui dit : « Je veux vous suivre, car je viens pour votre bonheur ». Ils vinrent ensemble au village. Il la mit dans une maison délabrée avec des feuilles d'oseilles comme nourriture dont raffole la tortue. Le 4è jour c'est le lion qui se fit prendre. A sa vue, Bôkèri voulut fuir, mais le carnassier lui dit : « Ne me fuyez pas, car je suis là pour votre bonheur, vous aurez besoin de moi un jour. Mettez-moi dans une cave de votre maison ». Entre temps, un homme jaloux du village, vint voir le Ogon pour lui dire : « Je ne veux pas sentir Patouma-Nènè Bôkèri, car il devient plus riche que moi. Voici 50 000 cauris comme prix de votre kola. Il faut trouver un prétexte pour le faire disparaître de ce monde ».

Pendant que Bôkèri cachait son lion, le Ogon l'appela chez lui pour lui dire : « Patouma-Nènè Bôkèri, vous n'êtes pas sans savoir que nous sommes en période de ramadan?; vous voyez là-bas de l'autre côté de la rive de ce profond fleuve, un gros baobab ? , va vite m'amener ses pains de singe, car c'est avec ces fruits que mes femmes vont faire la bouillie pour rompre mon jeun ce soir. Fais vite sinon, si ma bouillie n'est pas prête à l'heure, je vous ferez voir vos aïeux qui sont dans l'au-delà ». Bôkèri revint à la maison en pleurs. Lorsqu'il expliqua son inquiétude à sa mère, la tortue qui l'écoutait du fond de sa maison délabrée, dit ; « Pourquoi pleurer ? Je suis là pour cela. Faites-moi sortir ». Le singe à son tour reprit ; « Pourquoi vous lamenter ?, mon travail est de grimper, détachez-moi ». Tortue et singe se rendirent au bord du fleuve. Le singe sauta sur le dos de la tortue et s'assit. La tortue nagea jusqu'à l'autre rive, le primate grimpa à l'arbre, cueille les pains de singe, lui et sa compagne revinrent au village pour les remettre à Bôkèri qui les remit au Ogon. Ce jour-là, il eut la vie sauve.

Ce plan échoué, le jaloux revint trouver le Ogon avec un bœuf pour lui dire : « Aujourd'hui c'est (Mardi gras), pour la sauce de cette fête, il faut demander à Bôkèri de terrasser ce ruminant, rien que par le regard. Nous l'égorgerons et en ferons un grand festin ». Il donna de nouveau 50 000 cauris comme frais de condiments à ses épouses. Le Ogon appela de nouveau Bôkèri et l'informa de la situation. Notre homme revint encore en pleurant à la maison narrer son dilemme à sa maman. Le serpent qui suivait la conversation lui répondit sous le sable : « Pourquoi gémir ? Je suis venu pour des circonstances de ce genre. Faites-moi sortir ».Lorsqu'on attacha le bœuf sur la place du village, notre pauvre homme sortit discrètement avec son serpent qu'il déposa par terre à l'insu des gens. Le serpent partit sous le sable piquer le taureau qui s'écroula sur le champ sous le regard de Bôkèri. « Mon Ogon, regardez ce dont je suis capable . Voici votre bœuf en agonie, il faut l'égorger » dit-il. On partagea la viande de la bête pour la sauce de cette fête.

L'homme jaloux ne se découragea pas. Il revint trouver le Ogon lui dire : « Il y a des buffles qui viennent lécher de la terre salée au bas du monticule latéritique, au nord du village. Ordonne à Patouma-Nènè d'en tuer afin que les villageois dégustent cette chair sauvage, sinon il sera exécuté publiquement ». Il remit une 3è fois 50 000 cauris de sa poche au grand Chef comme prix de tabac pour sa pipe. Le Ogon appela encore le pauvre hère lui donner la consigne. Bôkèri revint à la maison tout triste raconter son embarras à sa mère. Le lion qui écoutait ces propos répondit : « Pourquoi vous lamenter ami ? Je vous avais dit que je vous serais utile un jour, c'est pour des situations pareilles. Faites-moi sortir. J'irai me cacher dans une touffe près de la terre salée. Lorsque je rugirai, sachez que j'ai pu en abattre un ». Quelques temps après, un troupeau de buffles vint lécher l'endroit salé. Le lion choisit le plus gros, se jeta dessus et lui coupa la gorge de ses crocs acérés l'œsophage et la trachée artères. Soudain on entendit trois rugissements du lion. Patouma-Nènè courut vite à la terre salée, égorgea le buffle en agonie et revint trouver le Ogon : « Majesté, allez voir au monticule, j'y ai tué un gros buffle ». Le messager du Ogon revint confirmer qu'un gros buffle égorgé, est couché là-bas. C'est ce jour là, que certains ont eu à goûter pour la 1è fois de la viande du buffle. Le Ogon n'eut pas l'occasion de tuer Bôkèri, car toutes les ruses de son ennemi ont échoué.

Entre temps, la femme de sa Majesté tomba malade. Elle souffrait de l'accès pernicieux. On a tout fait : consulter des charlatans réputés, les marabouts les plus distingués, les guérisseurs les plus compétents, les connaisseurs de plantes les plus renommés, aucun effet, aucune amélioration et à fortiori guérison.

Le jaloux vint voir encore le Ogon pour lui dire : « Menace Bôkèri de mort s'il ne guérit pas votre femme ; vous verrez elle sera rétablie tout de suite ». Le Grand Chef fit venir encore Bôkèri pour lui lancer un ultimatum : « Patouma-Nɛnɛ Bôkèri ! Si vous ne guérissez pas mon épouse d'ici midi, vous serez pendu publiquement à 14heures, au marché ». Bôkèri lui répondit : « Ogon ! J'ai les médicaments pour soigner votre épouse, mais dans la composition du remède, il me manque un ingrédient : le foie d'un (nafigui) = d'un jaloux. Je ne sais où trouver un ''Nafigui'' pour trouver son foie ». « Cela n'est pas un problème, repartit sa Majesté. Quand je vous disais d'amener le pain de singe derrière le fleuve, de tuer un bœuf rien que par le regard, d'abattre un buffle etc.. c'était votre ennemi qui venait me les dicter. Y a-t-il pire homme jaloux, pire rapporteur que lui ? Ne vous en faites pas, allez chez vous, son foie viendra vous trouver tout à l'heure, car il sera là sans tarder pour d'autres fumisteries ». Le Ogon renforça sa garde avec des jeunes gens forts et costauds, armés de machettes et de gourdins. Dès que notre rapporteur apparut au seuil du vestibule, à coups de matraque les jeunes hommes l'assommèrent, lui ouvrir la poitrine et enlevèrent son gros foie pour l'amener à Patouma-Nènè Bôkèri. Bôkèri associa ce foie à d'autres plantes et alla les donner au Ogon.

Les servantes en firent une décoction dont la reine inhala la vapeur, en but et se lava avec la mixture. Quand la Providence est avec vous, tout est facile. Le lendemain, l'épouse du Ogon était complètement guérie.

Cette légende donna naissance à un adage dogon qui dit : « Le paludisme d'une Reine se soigne avec le foie d'un fumiste ».

MORALITE :

La Providence secourt et protège toujours l'innocent.

Illustration des Contes :
Monsieur Arê Fidèle SOMBORO, dessinateur à Bankass, Mopti, MALI.

TABLE DES MATIERES

Structures éditoriales du groupe L'Harmattan

L'Harmattan Italie
Via degli Artisti, 15
10124 Torino
harmattan.italia@gmail.com

L'Harmattan Hongrie
Kossuth l. u. 14-16.
1053 Budapest
harmattan@harmattan.hu

L'Harmattan Sénégal
10 VDN en face Mermoz
BP 45034 Dakar-Fann
senharmattan@gmail.com

L'Harmattan Cameroun
TSINGA/FECAFOOT
BP 11486 Yaoundé
inkoukam@gmail.com

L'Harmattan Burkina Faso
Achille Somé – tengnule@hotmail.fr

L'Harmattan Guinée
Almamya, rue KA 028 OKB Agency
BP 3470 Conakry
harmattanguinee@yahoo.fr

L'Harmattan RDC
185, avenue Nyangwe
Commune de Lingwala – Kinshasa
matangilamusadila@yahoo.fr

L'Harmattan Congo
67, boulevard Denis-Sassou-N'Guesso
BP 2874 Brazzaville
harmattan.congo@yahoo.fr

L'Harmattan Mali
Sirakoro-Meguetana V31
Bamako
syllaka@yahoo.fr

L'Harmattan Togo
Djidjole – Lomé
Maison Amela
face EPP BATOME
ddamela@aol.com

L'Harmattan Côte d'Ivoire
Résidence Karl – Cité des Arts
Abidjan-Cocody
03 BP 1588 Abidjan
espace_harmattan.ci@hotmail.fr

L'Harmattan Algérie
22, rue Moulay-Mohamed
31000 Oran
info2@harmattan-algerie.com

L'Harmattan Maroc
5, rue Ferrane-Kouicha, Talaâ-Elkbira
Chrableyine, Fès-Médine
30000 Fès
harmattan.maroc@gmail.com

Nos librairies en France

Librairie internationale
16, rue des Écoles – 75005 Paris
librairie.internationale@harmattan.fr
01 40 46 79 11
www.librairieharmattan.com

Lib. sciences humaines & histoire
21, rue des Écoles – 75005 paris
librairie.sh@harmattan.fr
01 46 34 13 71
www.librairieharmattansh.com

Librairie l'Espace Harmattan
21 bis, rue des Écoles – 75005 paris
librairie.espace@harmattan.fr
01 43 29 49 42

Lib. Méditerranée & Moyen-Orient
7, rue des Carmes – 75005 Paris
librairie.mediterranee@harmattan.fr
01 43 29 71 15

Librairie Le Lucernaire
53, rue Notre-Dame-des-Champs – 75006 Paris
librairie@lucernaire.fr
01 42 22 67 13